Entrevista con un seductor

Entrevista con un seductor

y otros cuentos

Ignacio Galdós Valdez

www.librosenred.com

Dirección General: Marcelo Perazolo
Diseño de cubierta: M. Lucila Avalle

Primera edición en español - Impresión bajo demanda

© LibrosEnRed, 2017
Una marca registrada de Amertown International S.A.

ISBN: 978-1-62915-324-7

Para encargar más copias de este libro o conocer otros libros de esta colección visite www.librosenred.com

La "Loca"

Federica es una mujer de veintiocho años, su anhelo en la vida es tener hijos y casarse con un hombre que la mantenga económicamente. Es guapa, pero aun así no ha podido encontrar a su príncipe azul.

Una noche en la discoteca, Federica conoce a Francisco, un muchacho de buena presencia, extrovertido y con mucho potencial para triunfar en la vida. Desde esa noche ambos comenzaron a frecuentarse, pero no de manera formal.

Federica es devota de la Virgen del Perpetuo Socorro, por eso le reza para que Francisco se fije en ella. Al anochecer siempre dice la misma oración: "Virgencita, te pido por favor que Francisco se enamore de mí, sé que podrá hacerme feliz, pero lo más importante es que estoy segura de que me hará bebés bonitos y que podrá mantenerme por el resto de mi vida. Tenme piedad, Virgencita, por favor, ya estoy pisando los treinta años, y nada de nada. Si pasan unos pocos años más, ya tendré las carnes chorreadas, y tú bien sabes que los hombres buscan carne joven y firme, un tipo de carne que afortunadamente aún tengo. Bueno, Virgencita linda, me despido confiando en que me harás el milagrito".

Federica siente que cada vez está más enamorada de Francisco, pero él solamente la ve como una amiga, así que decide poner en práctica otra estrategia, que consiste en ganarse al entorno de su amado.

Un sábado cualquiera se levanta más temprano de lo habitual y opta por llevarle el pastel de chocolate que preparó la noche anterior a la madre de Francisco, con la esperanza de que él se fije en ella, pero nada pasa. Así que decide idear otra maniobra, que radica en entablar amistad con los mejores amigos del hombre que ama, con el fin de que ellos ejerzan su influencia en él para que la acepte.

Una noche en que Francisco sale a tomar unas cervezas con su amigo Conrad, recibe la llamada de Federica:

—¿Francisco?

—Hola, Federica.

—¿Qué estás haciendo?

—Tomando unas cervecitas con mi amigo Conrad.

—Me gustaría conocerlo.

—Estamos en el bar Retro. Si quieres, vienes.

—En media estoy por allá, Francisco, chau.

—Chau, Federica.

Unos minutos después Federica se presenta y lo primero que hace es acercarse a Conrad para conversar con él, le habla, le habla y le habla tanto, que el amigo de Francisco ya no sabe dónde meterse para librarse de esa chica molesta, así que inventa que tiene diarrea para poder largarse; pero antes de que se retire, ella le pide su número de teléfono, y como es obvio, el estúpido de Conrad se lo da (craso error).

Una semana después, al promediar las dos de la mañana, Federica llama al móvil de Conrad, quien ya se encuentra durmiendo, él contesta a duras penas porque está muy cansado, ella llora amargamente porque cree haber visto a Francisco con otra chica saliendo de un pub:

—¿Conrad?

—¿Sí?

"¿Quién diablos es la imbécil que llama a esta hora?", piensa mientras se frota los ojos.

—Soy Federica.

—Hola, Federica —responde Conrad intentando ser amable con la babosa que lo ha despertado.

—He visto a Francisco saliendo de un pub de la mano con otra chica.

—Chispas, Federica, lo siento.

"Mañana mismo llamo a Francisco para felicitarlo por tener tantas hembras", pensó Conrad.

—Si sabes algo, ¿me avisas?

—Sí, Federica, te aviso, chau.

Conrad cuelga maldiciendo a Federica y pensando: "¿Qué diablos le pasa a la loca esta? Joderme en la madrugada porque ha visto que Francisco estaba con otra chica. ¿Acaso es su novio para que se ponga así?".

Desde esa noche Federica comienza a frecuentar con insistencia a Conrad, quien increíblemente le empieza a tener cariño. Pero a diferencia de él, ella solo lo mira como un escalón para llegar a su objetivo, y todos sabemos que a los "locos" no les interesa utilizar a las demás personas cuando quieren lograr algo.

Federica se aproxima mucho a Conrad aprovechando que él es un buen tipo, además de ser algo inocente porque cree que la amistad de esa chica manipuladora y carente de escrúpulos es verdadera. Tanto es el acercamiento entre ambos, que hay fines de semana en que ella va a almorzar a su casa.

La "Loca", al no ver ningún tipo de interés amoroso por parte de Francisco, monta en cólera y rompe la imagen que tenía de la Virgen del Perpetuo Socorro. Una vez que la estatua ya está hecha un montón de trozos, ella le grita "¡Eres una inútil, todas las noches te recé con mucha fe pero nunca diste muestras de querer ayudarme!". Luego de eso Federica se sienta en su sillón y se pone a pensar: "¿Estaré loca?".

Como la Virgen del Perpetuo Socorro ha fracasado en lo que Federica había pedido, la "Loca" decide cambiar de estrategia y va a visitar a una bruja llamada Juanita la Potente, para hacerle un amarre de amor a Francisco. La ceremonia la han pactado un sábado por la tarde. La bruja le asegura a Federica que en un plazo no mayor de quince días su amado estará comiendo de su mano.

Los días pasan, pero el amarre no da frutos, y la "Loca" de Federica piensa que Juanita la Potente es una estafadora, así que decide regresar a su consultorio para reclamarle y pedirle su dinero de vuelta, pero desgraciadamente para ella, la bruja se ha mudado a otro lugar. La "Loca" se siente humillada, así que decide prescindir de las fuerzas sobrenaturales para conquistar a Francisco y volver a su antigua estrategia, que no era otra que apoyarse en el pobre Conrad.

El cumpleaños de Federica llega, y como está ofendida con Francisco, llama a Conrad para decirle que por favor se comunique con su amado y le diga que no quiere verlo en su fiesta.

Conrad hace lo que la "Loca" le pide, pero cuando Francisco llama a Federica para decirle que no iría a su cumpleaños, para no incomodarla, ella, fiel a su locura, monta en cólera y llama furiosa a Conrad:

—Hola, Federica.

—¿Por qué le has dicho a Francisco que no vaya a mi fiesta? ¡Me has hecho quedar pésimo!

—Perdóname, por favor.

Conrad no sabe qué decirle, porque ella está dominada por un ataque de histeria, muy común entre las locas. Además no entiende su reacción ya que había sido precisamente ella quien le había pedido que hiciera lo que le ha molestado.

—¡No me pidas perdón! —responde Federica levantando la voz.

Conrad permanece en silencio, totalmente sorprendido por la reacción de esa muchacha aparentemente dulce y delicada, quien se presenta ante él como una cuasi santa y ahora parece un demonio del Nuevo Testamento. Pero bueno, mejor volvamos a la conversación telefónica entre la "Loca" y Conrad:

—¿Qué me has dicho? —pregunta Federica con tono amenazante.

—No te he dicho nada —contesta Conrad, quien no puede salir del *shock* en el que está inmerso.

—¡Con amigos como tú, quién necesita enemigos! —contesta Federica tirando el teléfono.

"Ándate a la mierda, trastornada del demonio, y ojalá te mueras pronto", pensó Conrad indignado por la actitud de la mujer hipócrita que había aparentado ser una buena persona cuando en realidad solo quería usarlo para conquistar a su amigo.

Federica llama a Conrad un par de veces más para preguntarle por Francisco, pero al hacerlo se topa con una muralla de indiferencia y de silencio, lo que ofende su ego de mujer sexy que cree poder tratar mal a todos los hombres que supuestamente no están a su nivel.

Afortunadamente para Conrad, la "Loca" desaparece de su vida. Pero dos años después, mientras lee la página de Sociales del periódico, ve la foto de Federica vestida de novia y del brazo de un hombre mayor, quien es un conocido y próspero empresario. "Bien por ti, loquita, porque conseguiste lo que querías, que era un hombre que te mantenga y que cumpla todos tus caprichos, renunciaste a encontrar el amor, pero no a tus intereses materiales. Espero que tu marido aguante tus ataques de histeria así como tus malditos cambios de humor". Luego de eso, Conrad prende un cigarrillo y piensa con mucha lástima en el marido de Federica.

El velorio

Dicen que la muerte nos enaltece ante los ojos de los demás, no importa si fuiste mentiroso, malagradecido, intrigante, cobarde o si le arruinaste la vida a otra persona. El simple hecho de dejar de existir te vuelve bueno, al menos en parte, y eso es lo que le pasó a Eugenio, quien en vida fue un imbécil, en toda la extensión de la palabra, y ahora, en su velorio, algunos de los asistentes lo recordaban como un tipo pintoresco.

Su prima Andrea permaneció unos minutos delante del féretro, una leve tristeza embargaba su alma, recordaba los escasos detalles que Eugenio había tenido con ella, como por ejemplo, cuando le había regalado una botella de champaña en su cumpleaños. Ella pensaba que el recuerdo sería agradable de no ser porque el regalito estaba vencido, y a pesar de que Eugenio nunca se había disculpado cuando Andrea le había reclamado por el descuido que había tenido, le estaba agradecida porque no era común que él tuviera detalles con la gente.

Su sobrino Eulogio, por su parte, había ido al velorio por compromiso y para ver si su tacaño tío realmente estaba muerto. "Hierba mala nunca muere", decía. Él siempre había pensado que Eugenio era la escoria de la familia, porque era un experto en crear problemas de la nada. "Viejo de mierda, ¿recuerdas cuando en la recepción del matrimonio de mi hermana me pediste que te consiguiera una botella de vino para regalársela a ella? Maldito avaro del demonio, solo a ti se te ocurriría una estupidez así. Espero que Satanás te esté sodo-mizando con un trinche recién afilado", musitaba Eulogio.

Su hermano Daniel tenía sentimientos encontrados, por-que por momentos quería a su hermano y por otros lo odiaba. Recordó cuando eran niños y Eugenio lo sometía a maltratos miserables. Una vez estaban jugando a las escondidas con dos primos y el ahora finado, con engaños, lo había convencido de dejarse amarrar con una soga a uno de los pilares de la casa, y lo había dejado allí por varios minutos. Lo peor del asunto era que quien lo había liberado no había sido Eugenio, quien se reía a carcajadas mientras él sufría, sino su madre. Daniel miró hacia el ataúd y pensó: "Fuiste una mierda, pero a pesar de todo no te guardo rencor, y si realmente existe el cielo, espero que lo puedas ver aunque sea de lejos. Descansa en paz, pobre diablo".

A unos metros estaba Luisita, la sobrina de diez años de Euge-nio, ella no quería asistir al velorio de su tío, pero sus padres la obligaron argumentando que la unidad familiar estaba pri-mero, por lo que tuvo que aceptar a regañadientes. Ella no quiso acercarse al féretro por miedo, se quedó en una esquina cercana recordando a su tío, quien siempre le había prometido com-prarle juguetes, pero a la hora de la hora, a dichas promesas se las llevaba el viento. Recordó que apenas hacía dos meses Euge-nio le había regalado unos chocolates con hongos, que ella había tenido que botar ni bien había abierto la caja. "Viejo tacaño, espero que escarmientes en el purgatorio", pensó Luisita mien-tras miraba su reloj con ansiedad por irse.

Alberto y Jesús, quienes eran primos de Eugenio, comenta-ban las experiencias que habían tenido con su pariente:

—¿Recuerdas cuando este animal nos obligaba a vestirnos de mujeres con la promesa de que nos daría dinero? —dijo Alberto.

—Claro que sí, y al final nunca nos dio dinero ni nada, esperaba a que nos distrajéramos para tomarnos fotos con ves-tidos para después extorsionarnos —respondió Jesús.

—Era un verdadero hijo de puta, me pregunto si alguien aquí lo echará de menos, no lo creo, la verdad. Estoy seguro de que todos han venido solo por compromiso o para hablar mal de él.

—Estoy de acuerdo contigo, Alberto, me gustaría quedarme hasta el final para orinar en su tumba, pero ¿quién tiene ganas de gastar tiempo y orines en este infeliz?

Unos minutos después, el padre Eusebio, quien era el párroco del pueblo, entró en el salón donde estaban velando al difunto. Todos dejaron de hablar y se pusieron de pie para escuchar al religioso, quien se puso de espaldas al féretro para así dirigirse a la gente:

–Queridos hermanos, estamos aquí para pedir por el eterno descanso de Eugenio Paja Pino, quien partió de este mundo tras el llamado del Señor.

Jesús miró a Alberto y le dijo: "El llamado del Señor de las tinieblas".

—Todos recordaremos con alegría a nuestro hermano Eugenio, quien deja un vacío imposible de llenar.

Daniel escuchaba pasmado los disparates que el padre Eusebio decía, mientras pensaba: "Fuiste mi hermano, pero no dejas ningún vacío; al contrario, con tu ausencia das lugar a la paz dentro de la familia".

—Todos echaremos de menos a nuestro hermano Eugenio, pero nos consuela el hecho de saber que nos reencontraremos con él cuando nos toque acudir al llamado del Señor.

Luisita pensaba: "Nos reencontraremos solamente si nosotros también vamos al infierno".

—Querido Eugenio, siempre recordaremos tu alegría de vivir, tu generosidad y tu don de gente.

Eulogio no pudo seguir escuchando las palabras del sacerdote, así que se retiró al salón contiguo mientras pensaba: "¡Qué sarta de estupideces dice este cura de mierda, cómo se nota que nunca conoció bien al bastardo de Eugenio!".

—Oremos por nuestro querido hermano Eugenio, para que sea recibido en el cielo por un coro de ángeles.

La prima Andrea escuchaba con humor las frases huecas del sacerdote, mientras se preguntaba: "¿Recibido en el cielo por un coro de ángeles? Sí, claro, la única manera de que Eugenio entre al cielo es si lo botan del infierno".

Unos minutos después, el padre Eusebio terminó su sermón para alegría de todos, o casi todos, los deudos, quienes no creyeron ni una sola de aquellas palabras.

Luego del entierro todos los asistentes comenzaron a retirarse con prisa del camposanto, unos en silencio, otros murmurando cosas malas, con expresiones de ironía en el rostro.

Unos metros más atrás, Matilde y Honorata, quienes habían sido las empleadas de Eugenio, parecían ser las únicas dolientes, ya que demostraban real pena por el deceso de su patrón:

—Si el patrón era tan malo, ¿por qué vino tanta gente a su entierro? —preguntó Honorata.

—Es que uno queda bien cuando es un hipócrita, y queda mal si demuestra lo que realmente siente —respondió Matilde.

María Isabel

Antonio era un muchacho que cursaba el segundo año de estudios en la universidad. Nunca fue bueno conquistando chicas a pesar de que era muy enamoradizo. Los primeros días de clases, una bella chica le llamó la atención, ella era alta, de mirada pícara, cabello largo y dueña de unas curvas que impactarían a cualquier hombre. Antonio no la conocía, pero no podía evitar suspirar cuando la veía.

El primer semestre pasó rápidamente, y la hermosa muchacha siguió siendo un amor platónico para Antonio, quien se sintió perdidamente enamorado de ella. Las vacaciones de medio año llegaron, y fue la oportunidad perfecta para olvidarse de los amores idealizados y buscar a los amigos para tomarse unos tragos y divertirse. La estrategia de olvido funcionó a la perfección porque durante los días libres Antonio no pensó más en la linda chica que solía quitarle el sueño.

Las vacaciones terminaron, y había que volver a clases. El ambiente era agradable, Antonio se sentía optimista y curado del enamoramiento porque los dos primeros días no había visto a la bella muchacha que lo había tenido tan alterado el semestre anterior. "Tal vez se retiró de la universidad, en buena hora, estoy aquí para estudiar y no para embobarme con beldades" pensaba mientras tomaba una Coca Cola.

El reloj marcaba las cuatro de la tarde, tocaba entrar a clase de Educación Cívica, así que Antonio se dirigió a su salón. En la puerta de este, se encontró con su amigo Abelardo, quien le dijo sonriendo:

—Estás con suerte —dijo con picardía.

—¿Por qué?

—Porque me he enterado que tu novia va a llevar este curso.

—¿Novia?, ¿de qué carajo hablas? —preguntó molesto.

—De la muñeca por la que babeas, Toñito. Está sentada en la última carpeta —respondió mientras señalaba el lugar.

—¡Mierda! Espero que se haya equivocado de clase —dijo Antonio visiblemente nervioso.

—¿Por qué no quieres acercártele? Cualquier otro estaría contento de que se le faciliten tanto las cosas con la chica que le gusta argumentó Abelardo mientras pisaba un cigarrillo.

—Porque siempre que me enamoro me embrutezco, me pongo nervioso y siento que hago el ridículo.

—Eso nos pasa a todos —aseveró Abelardo.

—Tienes razón, lo que debo hacer ahora es buscar un lugar que esté lo suficientemente lejos de ella.

—Creo que se llama María Isabel, te lo digo por si acaso.

—Gracias por el dato, huevón, ahora deja de joder —dijo mientras se sentaba en un pupitre que estaba lo suficientemente lejos de la chica.

La clase se hizo larga, pero cuando terminó, Antonio respiró aliviado, salió del salón con mucha calma y caminando como un ganador.

Unos minutos después se dirigió al salón donde debía llevar el curso de Análisis de la Realidad Nacional, pero al ingresar se dio con la sorpresa de que María Isabel también llevaría esa materia. "¡Carajo, mierda! ¿Esta chica me está siguiendo o qué? No, ni cagando me sigue, no tengo tanta suerte. ¿Qué voy a hacer? Necesito tranquilidad, y ella me pone demasiado nervioso". Unos segundos después se sentó en un lugar no tan alejado de ella y fingió que leía un libro, de rato en rato la miraba de reojo y pensaba: "Eres una belleza, lo que daría por acariciarte, besarte y hacerte el amor. No sé si te das cuenta de que te miro, pero me da igual, espero conocerte, chiquita preciosa".

Antes de comenzar las clases, el maestro les dijo a sus alumnos que debían formar grupos de trabajo. En ese momento Abelardo miró a Antonio y le dijo que era la oportunidad perfecta para conocer a María Isabel. Él le respondió que no, que podían trabajar con otras personas, pero Abelardo no le hizo caso y se acercó donde se encontraba la chica:

—Hola, me llamo Abelardo —dijo con voz firme.

—Yo soy María Isabel.

—Quería saber si te gustaría trabajar con mi amigo Antonio y conmigo —preguntó mientras señalaba a Antonio, quien no sabía dónde meterse.

—Sí, pero tendríamos que incluir a mi amiga Liz —respondió sonriendo.

—No hay problema, cuantas más personas seamos, mejor. Ven, por favor, te voy a presentar con mi compañero.

Antonio vio que Abelardo se acercaba con María Isabel y empezó a sudar más de lo normal, "¡Puta madre!, ¿ahora qué hago?".

—Mira, Toñito, ella es María Isabel y va a trabajar con nosotros. Su amiga Liz no ha venido, pero también será parte del grupo.

—Hola, mucho gusto, yo soy Antonio —dijo mientras bajaba la mirada.

—Hola, yo soy María Isabel —respondió con un gesto coqueto que intimidó a Antonio.

En ese momento el maestro ordenó a sus alumnos volver a sus asientos para reanudar las clases. "Gracias, Dios mío, por acabar con ese momento incómodo, estaba a punto de mearme encima", pensaba Antonio mientras secaba su frente.

Conforme pasaban los días, los nervios fueron controlándose, pero ahora había un problema mucho más grave: dar el siguiente paso, el cual consistía en invitarla a salir. Antonio intentó hacerlo en dos oportunidades, pero su timidez y su mala suerte siempre le jugaban en contra porque cuando reunía el valor suficiente para atacar su objetivo, aparecía algún imbécil que se colaba en la conversación, así que decidió que lo mejor era invitarla por teléfono.

Esa noche Antonio se la pasó mirando el reloj por varios minutos, pero no se atrevía a dar el gran paso, hasta que llegó el momento en que no pudo más y marcó el número de María Isabel:

—¿Hola?

—Hola, soy Antonio —dijo algo agitado.

—Hola, Antonio, ¿cómo estás?

—Muy bien gracias —respondió con la voz aguda por los nervios.

—Qué bueno.

—Oye, María Isabel, llamaba para preguntarte si te gustaría salir conmigo el viernes en la noche a golpe de nueve y media —preguntó de prisa y con un ligero jadeo.

—Claro que sí. ¿Te parece si nos encontramos en la puerta del cine Turquesa? —preguntó con voz sensual.

—Me parece perfecto, entonces nos vemos el viernes, te mando un beso —dijo él con algo más de seguridad.

—Hasta el viernes.

Antonio colgó el teléfono sintiéndose un triunfador: "Me parece mentira que la chica más guapa de la universidad haya aceptado salir conmigo. Gracias, Dios mío, te juro que si ella me acepta como enamorado, nunca más me correré la paja".

El viernes por la noche, Antonio se arregló para su cita, estaba nervioso, pero a la vez orgulloso por haberse atrevido a invitar a María Isabel.

Miró su reloj, se observó en el espejo durante unos segundos, sonrió, cogió su mejor casaca y enrumbó al cine Turquesa para encontrarse con María Isabel.

Antonio llegó un rato antes de la cita, respiró profundamente y se entretuvo viendo los afiches de las películas. Pocos minutos después vio que María Isabel se acercaba. Mientras ella caminaba, él notó que muchos hombres volteaban para mirarla, inclusive uno de ellos le mandó un beso volado. "Miren todo lo que quieran, pobres imbéciles, ustedes la desean, pero con quien va a estar es conmigo", pensaba Antonio muy seguro de sí mismo.

—Hola, María Isabel —dijo mientras le daba un beso en la mejilla.

—Hola, Antonio, ¿cómo estás?

—Muy bien gracias —contestó sin dejar de mirarla.

—Qué bueno —respondió sonriendo como si le hicieran gracia los nervios de Antonio.

—Todavía falta para que empiece la película, ¿qué te parece si nos vamos a tomar algo antes?

—Bueno, vamos.

Antonio le cedió el paso y no pudo evitar verle el trasero. "Chiquita, eres una belleza. Si fuera un depravado, ya te habría dado una buena nalgada", pensó mientras intentaba tranquilizarse. Pocos minutos después entraron a un café tranquilo para conversar.

La conversación se prolongó más de lo esperado, tanto es así que se olvidaron de la película, pero no les importó. Antonio estaba sorprendido con María Isabel, porque ella le demostró que era más que una cara bonita, él nunca se imaginó que esa chica preciosa escondía un mundo interior tan rico.

Conforme pasaban los días, la amistad entre María Isabel y Antonio se hacía más cercana, pero ese era un problema para él, porque no quería ser su amigo sino algo más. Ella le gustaba demasiado, era la mujer que había esperado siempre, y el hecho de resignarse a ser solo su amigo lo frustraba enormemente.

María Isabel estimaba a Antonio, pero no lo miraba como un posible enamorado sino como un amigo. Prueba de ello es que en ocasiones él la llamaba para salir, y ella rechazaba sus invitaciones.

Poco tiempo después, Antonio se sintió melancólico por no tener a su lado a María Isabel, así que fue a visitar a su amigo Oscar, quien era religioso, estudiaba en el seminario para hacerse sacerdote y además trabajaba como maestro en la universidad dónde él estudiaba:

—¡Osquitar! ¿Cómo estás?

—Hola, Antonio, qué gusto verte. Siéntate, por favor. ¿A qué debo el honor de tu visita?

—Quería saludarte, y bueno, ando medio triste por María Isabel —dijo Antonio bajando un poco la voz para no quebrarse.

—Ya olvida a esa chica, no te aferres a algo que no va a pasar —respondió tomando del hombro a Antonio.

—Es verdad, ya debo olvidarme de ella.

—Te voy a decir una cosa y escúchame bien —dijo Oscar mirándolo a los ojos.

—Dime.

—Uno tiene que darse cuenta de su realidad, María Isabel es una chica muy bonita, lo mejor es que en cuestión mujeres apuntes hacia otro lado, busca una chica más sencilla, alguien que sea como tú.

Antonio sintió las palabras de Oscar como puñales en el pecho y pensaba: "No puedo creer que este tipo que se dice mi amigo me diga que María Isabel vale más que yo".

—Gracias por escucharme, Oscar, ahora me voy.

—Ven cuando quieras, que aquí estoy para ayudarte, querido amigo —respondió Oscar sonriendo.

Antonio salió de la casa de su amigo con la moral por el piso y sintiéndose más feo que el jorobado de Notre Damme. "Nunca más regreso, lo juro", dijo mientras se secaba una lágrima de la mejilla.

Cierto día que Antonio llegaba a la universidad, vio que María Isabel estaba sentada en un banca cerca a la puerta como esperando a alguien. Él se acercó para saludarla y de paso hablar un rato. En medio de la conversación, un muchacho de tez blanca irrumpió y besó la mejilla de María Isabel. Antonio se quedó muy sorprendido, pero tuvo la suficiente frialdad para sonreír y presentarse a pesar de que estaba con ganas de huir de allí. Ella se despidió con cierta distancia como quien le dice adiós a un desconocido, actitud que fue entendida por Antonio, quien pensaba: "No tengo por qué ponerme mal, ella no es mi mujer, por ende no tiene que darme explicaciones de lo que hace con su vida. Y si este chico es su novio, bien por ella, lo más saludable que puedo hacer es alejarme".

Pero las cosas no estaban bien, Antonio se sentía con el corazón destrozado, así que decidió no entrar a clases. Mientras caminaba pensativo por las calles, se encontró con Ernesto, uno de sus mejores amigos. A diferencia de él, Ernesto no se hacía problemas por temas de mujeres: si una fallaba, inmediatamente la reemplazaba con otra.

—¡Compadrito! ¿Cómo estás?, eres un ingrato de mierda, nunca llamas a los amigos.

—Sí, pues, mi querido Ernesto, la universidad me absorbe mucho —se excusó.

—¡Cojudeces, hombre! Tú no me buscas porque eres un huevón, he conocido a unas malcriadas que te pueden hacer ver las estrellas —respondió con una expresión de lujuria en el rostro.

—Ahora no porque estoy deprimido —dijo mirando al piso.

—¿Qué ha pasado, compadre?

—Parece que María Isabel tiene enamorado.

—Disculpa por lo que te voy a decir, hermano, pero te demoraste mucho, la veías a diario y nunca hiciste nada. Ella tenía derecho a mirar en otra dirección, hubiera sido muy egoísta de tu parte pretender que María Isabel te esperara hasta que tuvieras los cojones de decidirte a dar el gran salto —contestó mirando de frente a Antonio.

—Tienes razón, la culpa es mía, pero de todas maneras duele. Yo la quiero, Ernesto, realmente estoy enamorado de ella.

—Entonces déjala ir.

—No es fácil, nunca había sentido algo tan fuerte por alguna mujer —dijo mientras se agarraba el rostro.

—No te pongas así, hermano. Vamos a tomarnos un par de chelitas —contestó dándole una palmada en la espalda a Antonio.

—Tienes razón, necesito un poco de alcohol en el cuerpo.

—Así me gusta, cabrón, no te desmoralices —dijo Ernesto mientras entraban en un pequeño bar.

—Dime una cosa, hermano, ¿tú crees que como mujer María Isabel es mucho para mí? —preguntó Antonio con la voz algo triste.

—¿Por qué me preguntas tremenda estupidez?

—Fui a conversar con mi amigo Oscar, el que se está preparando para ser cura, y él me dijo que me busque a una chica más sencilla que María Isabel, una que sea como yo. La verdad es que sus palabras me dolieron mucho.

—Eso te pasa por hablar de mujeres con un tipo que solo usa la verga para mear. No le hagas caso a ese huevón, en ocasiones el exceso de religión te hace bruto, por ende terminas diciendo un torrente de estupideces. Vamos a tomar unas chelitas y a relajarnos —dijo Ernesto mientras destapaba un par de botellas.

Ernesto y Antonio se pasaron la tarde tomando cerveza. Al cabo de unas horas, decidieron finalizar la tertulia:

—Te llevo a tu casa, Toñito, estás hasta el culo.

—No digas cojudeces, estoy mejor que nunca —respondió Antonio visiblemente mareado.

—Tienes razón, nunca te había visto tan bien —dijo su amigo mientras espetaba un eructo.

—Yo me voy solo, Ernesto, no necesito que me acuestes en la camita.

—Lo que pasa, Toñito, es que yo no estoy muy bien y necesito que me acompañes a mi casa —contestó eructando nuevamente.

—¡Está bien! Yo te llevo, que para eso están los amigos. Porque tú sí eres mi amigo, no como algunos cabrones de la universidad, que dicen que lo son y al final son una verdadera mierda.

—¡Vamos, Antonio! Deja de decir huevadas y retirémonos, que quiero ir a dormir

—Yo te sigo, huevón.

Los dos amigos salieron del bar y se dirigieron al auto de Ernesto. Unos minutos después llegaron a la casa de Antonio, quien se bajó del vehículo no sin antes darle un beso en la mejilla a su amigo y decirle: "Amo a María Isabel".

Al día siguiente Antonio despertó después de las diez de la mañana. Afortunadamente era sábado, y no había clases. No recordaba mucho de su estadía en el bar, pero sí estaba consciente de que su amigo lo había ayudado, así que decidió mandarle un mensaje:

"Ernestito, muchas gracias por estar conmigo cuando más te necesitaba, prometo que la próxima vez estaré de mejor ánimo para que la reunión sea más amena, un abrazo".

Un par de minutos después Antonio recibió un mensaje en su celular que decía:

"No tienes nada que agradecer, mi hermano, para eso estamos los amigos, cuídate mucho y por favor intenta olvidar a María Isabel".

Antonio sabía que Ernesto tenía razón, y aunque él no quería hacerlo, al menos iba a intentarlo.

Durante el resto del semestre el trato con María Isabel fue cordial y con eventuales muestras de afecto. En ocasiones Antonio intentaba volver a salir con ella, pero no tenía éxito. Cuando finalizó el año, él hizo un último intento de invitarla a tomar un café, y esa vez, inesperadamente, María Isabel aceptó.

Antonio sabía que a María Isabel no le interesaba nada sentimental con él, pero de todas maneras quería decirle lo que sentía por ella:

—¿Cómo has estado? —preguntó tocándole la mano.

—Muy bien amigo, ¿y tú?

—Extrañándote.

—No me digas eso, Antonio, por favor —dijo en un tono serio.

—Discúlpame que insista, pero quiero decirte algo.

—¿Qué cosa? —preguntó María Isabel.

—Sé que tú no quieres estar conmigo y lo respeto, pero no quiero guardarme lo que siento, porque ya no puedo más. Solo quiero decirte que me enamoré de ti desde el momento en que te vi, no imaginé que esa bella chica que me dejaba sin aliento me iba a robar el corazón de esta manera —dijo Antonio, quien sentía que el pecho le iba a estallar.

—Yo me di cuenta de que no se puede tener una simple amistad contigo, pero por el momento deseo estar sola, quiero pensar en mí, tal vez viajar, pero por sobre todas las cosas mi objetivo es conocerme bien. Gracias por tus palabras, y bueno, tal vez más adelante —contestó con una sonrisa.

Antonio no pudo evitar sentirse rechazado, pero prefirió guardar su tristeza para él mismo. Tomó las manos de María Isabel y las besó varias veces, luego acarició su cabello mientras la miraba a los ojos en silencio. Unos minutos después la llevó a su casa, consciente de que su amor iba a ser para otro.

Pasaron los años, María Isabel y Antonio seguían siendo amigos, pero a pesar del tiempo él siguió pensando en ella como la mujer que le quitaba el sueño. No volvió a intentar nada porque ambos se llevaban muy bien como amigos, y no quería arruinarlo.

Un sábado cualquiera, mientras miraba una película, Antonio recibió la llamada de su buen amigo Ernesto:

—Hola, Toñito ¿cómo estás?

—Muy bien, mi hermano, gracias.

—¿Estás sentado? —preguntó Ernesto.

—Sí, ¿por?

—Me he enterado de algo, pero no sé si contártelo.

—Cuenta nomás, Ernestito, no te hagas el misterioso —dijo Antonio con tono burlón.

—Te cuento que tu amigo Oscar ha dejado el seminario y acaba de comprometerse con María Isabel.

Antonio se quedó callado por unos segundos, tragó saliva y se hizo la promesa de no volver a confiar en las mujeres ni en los religiosos.

El hermano

Nadia es una muchacha de diecinueve años, estudia en la universidad y tiene todo para ser feliz. Bueno, casi todo, porque resulta que tiene un hermano mayor llamado Juan Carlos, que es de esas personas autoritarias que se creen los mejores hijos del mundo y a las que les encanta jugar al vástago perfecto, molestando y haciendo quedar mal a sus hermanos a quienes tienen sometidos.

Juan Carlos ocupa una buena parte de su tiempo viendo la mejor forma de fregar a Nadia. ¿Por qué? Porque ella no es una persona de carácter, así que siempre que su hermano se mete con ella para hacerla sentir mal, Nadia opta por el silencio y no por la reacción, lo que alimenta el afán de Juan Carlos.

Nadia siempre ha creído que Juan Carlos sería feliz si en vez de ella, hubiera tenido un hermano o una hermana problemática, para probar así sus cualidades como hijo perfecto. Lo curioso del asunto es que quien está con sus padres apoyándolos y ayudándolos siempre es Nadia, porque si bien Juan Carlos no es un mal hijo, ha optado por poner su vida en primer lugar.

Pero no todo es malo en la vida de Nadia, porque hace unos días conoció a un muchacho que la hace feliz, aunque hay un problema: ese muchacho no es del tipo que cumple con las expectativas de su familia, porque es pobre y poco agraciado. Por esa razón Nadia y su novio deciden verse a escondidas, más por su hermano que por sus padres.

Pocos días después, Juan Carlos encara a Nadia para decirle que la ha visto en el parque besándose con un impresentable:

—¡Nadia! Ayer te vi en el parque con un tipejo de lo peor.

—¡Por favor, Juan Carlos, no les digas nada a mis papás! —dice Nadia juntando las palmas de las manos como quien le reza a su santo favorito.

—Lo siento, pero debo hacerlo.

—¡No me hagas esto! Él y yo nos queremos.

—Tengo que decirles; si no lo hago, me convertiría en tu cómplice —responde con una media sonrisa.

—¿Por qué te metes siempre conmigo? —pregunta mientras se tapa el rostro con las manos.

—Porque no quiero que mis padres sufran por tu culpa.

—¿Por qué no te consigues una vida y me dejas de joder?

—Eso quisieras, hermanita —dice con una mirada llena de dureza.

Nadia se va corriendo a su habitación y a pesar de que hace esfuerzos por no hacerlo, termina llorando.

Esa noche sus padres la llaman y le dicen que debe terminar con su enamorado, o de lo contrario la mandarían durante un año al pueblo de su madre, para que trabajara en la granja de su tía Juana. Nadia acata la orden, así que al día siguiente termina con su novio.

Al regresar a casa, Juan Carlos la espera en el salón:

—¿Terminaste con ese pobre diablo? —pregunta con aires de superioridad.

—Sí, maldito imbécil, terminé con él —responde Nadia con lágrimas en los ojos.

—¿Qué has dicho, pobre cojuda? ¿Qué has dicho, enferma de mierda? ¿Qué has dicho, mantenida? —pregunta Juan Carlos con tono amenazante.

Nadia permanece en silencio porque desde muy niña le ha tenido mucho miedo a su hermano, debido a la pasividad y a la indiferencia de sus padres, quienes siempre dejaron que Juan Carlos hiciera lo que le daba la gana.

—¡Responde, estúpida!

—No he dicho nada —contesta Nadia visiblemente asustada.

—Maricona de mierda.

Nadia sube a su habitación y llora durante toda la noche, pero por la mañana una enorme sonrisa iluminaba su rostro. "Ya sé cómo vengarme de ti, maldito imbécil".

Una semana después Nadia comienza a vestirse de modo muy provocativo, usa tacones altos, minifaldas muy cortas y apretadas, tops con escotes bastante marcados y el cabello suelto. Ese nuevo *look* molesta a Juan Carlos, quien no demora en hacérselo saber:

—¡Nadia, quiero hablar contigo!

—Vete a la mierda, pelotudo del demonio —dice con una sonrisa irónica.

—¿Qué? ¿Qué has dicho? —responde tratando de intimidar a su hermana.

—Mira, imbécil, ya me cansaron tus preguntitas cojudas, si no me has escuchado, lávate los oídos y sácate el tofi que tienes incrustado.

—¿Qué te pasa? —pregunta Juan Carlos sorprendido.

—Pasa que ya me cansé de ti, pobre imbécil de mierda, si quieres, acúsame, pero recuerda que solo acusan las mujeres y los maricones.

Juan Carlos permanece en silencio y en *shock*, ya que Nadia nunca se había atrevido a hablarle así, siempre que él la amenazaba o gritaba, ella se quedaba callada o se iba a llorar a su habitación. Unos días después Juan Carlos llega furioso a la casa, tira su mochila en un sillón y sube a la alcoba de Nadia:

—¿Qué es lo que pretendes?

—No te entiendo, hermanito —pregunta Nadia haciéndose la sorprendida.

—¡Entiendes perfectamente, idiota! Me han dicho que te han visto besándote con Aurelio, el carnicero —dice jadeando.

—En primer lugar, no me insultes, y en segundo lugar, sí, es verdad que me estaba besando con él, y no solo eso: también me agarró el poto.

—Cállate, Nadia, por favor —responde Juan Carlos llevándose las manos a la cara.

—Ahora lárgate, y si le dices algo a mis papás, buscaré a otro impresentable.

Pese a la amenaza de Nadia, su hermano la acusa con sus padres, pero no pasa mucho tiempo para que Juan Carlos vuelva a tener otra crisis nerviosa:

—¡Nadia!

—¿Qué quieres, hermanito? —responde con tono despreocupado.

—Ahora me han dicho que te han visto besándote con Alipio, el panadero —dice en tono agitado y con algo de baba en la boca.

—Es verdad, hermanito, y no solo eso, también me agarró las tetas —contesta Nadia sonriendo.

—Esto no se va a quedar así —amenaza.

—Acúsame, vieja chismosa, es lo que mejor haces.

Juan Carlos vuelve a delatar a su hermana, pero, pese a eso, se repite una situación similar a los pocos días:

—¡Nadia!, ¿dónde carajo estás?

—Aquí estoy, hermanito, ¿qué ocurre ahora? —pregunta con mucha calma.

—¡Ahora me han dicho que te han visto besándote con Wilson, el jardinero!

—Sí, es verdad que me estaba besando con él, y no solo eso, también se la chupé —responde con seriedad.

—Nadia, ¿tú me quieres matar? —pregunta con incredulidad.

—No, hermanito, solo quiero joderte un poco la vida de la misma manera en que tú me la jodiste a mí durante años.

—No lo puedo creer, ¿por qué me odias tanto?

—Porque nunca te has tomado un descanso para dejar de molestarme, Juan Carlos, porque siempre me haces quedar mal con mis papás, porque no quieres verme feliz, porque te crees con derecho a todo y piensas que yo no tengo derecho a nada y porque eres un pobre imbécil que se cree más de lo que realmente es.

—En este momento voy a decirles a mis papás todo lo que ha pasado —responde con la voz quebrada.

Fiel a su estilo Juan Carlos vuelve a acusar a su hermana con sus padres, quienes optan por castigarla. Nadia se la pasa encerrada en su habitación, solo puede bajar a comer, pero después debe volver a su alcoba. Cierto día Juan Carlos se siente un poco culpable, así que va al cuarto de su hermana, pero no obtiene respuesta cuando toca la puerta. Intenta abrir girando la perilla y se encuentra con la sorpresa de que estaba sin llave. Al entrar ve que la habitación está vacía, pero hay una nota encima de la cama que dice:

"Queridos papás:

La relación con Juan Carlos está cada vez peor, nunca me ha dejado en paz, así que he decidido fugarme con Alcides, el hijo del cantinero. Es un muchacho que no me gusta del todo, pero su padre tiene dinero, y al final eso es lo que en el fondo buscamos todas las mujeres, y si ahora van a enojarse con alguien, háganlo con Juan Carlos, porque es él quien me ha empujado a esto.

Cuídense mucho, y espero que ahora se den cuenta de que su hijito perfecto es en realidad un pobre imbécil.

Los quiere mucho,

su hija Nadia.

P.D.: Juan Carlos, espero que cuando te cases, tu mujer te corte los huevos con una hoja de afeitar".

¿Alguien me extrañará si me voy?

Alejandro es un hombre común y corriente, pero siempre se ha preguntado si alguien lo echará de menos si muere, o si decide mudarse a otra ciudad.

No es una persona exitosa en la vida profesional ni en el amor ni en las amistades. Tiene unos pocos amigos, pero no pertenece a ningún grupo, no porque él no lo intente —de hecho se esfuerza en entablar nuevas relaciones— sino porque desgraciadamente para él su torpeza en lo social siempre le juega malas pasadas.

Alejandro también pone mucho empeño en el plano laboral ya que constantemente emprende nuevos proyectos, pero termina fracasando en todos.

El amor es un tema que le preocupa ya que siempre fue muy enamoradizo, pero un verdadero fracasado a la hora de seducir. Se ha enamorado muchas veces y en ninguna concretó una relación estable, porque las mujeres por las que se había interesado prefirieron a otros hombres, o la soledad, antes que estar con él. Una vez conoció a una linda chica que vivía en Europa, hubo atracción mutua, sin embargo la distancia marchitó esa ilusión, y Alejandro volvió a sentirse solo.

La familia también es otro asunto que lo inquieta, porque de pequeño nunca logró ganársela, probablemente su falta de carisma o su timidez lo limitaron. En la actualidad esto ya no le preocupa tanto por muchos factores, como, por ejemplo: la ingratitud que vio desde pequeño por parte de algunos integrantes de su familia, lo que le hace pensar y plantearse la siguiente pregunta: ¿por qué debo de querer y respetar a los parientes, que siempre me pagaron con indiferencia?

Alejandro no puede liberarse del pasado pese a que lo ha intentado de muchas maneras. Los malos recuerdos lo esclavizan constantemente, siempre rememora las veces que su padre lo presionaba en los estudios, los tratos enfermizos a los que lo sometía de manera miserable sin que nadie lo pudiera defender, la exigencia permanente que ejercía sobre él, las frases hirientes que le decía: "¿Eres tonto?", "¡Si no mejoras tus calificaciones, vas a hacer que me avergüence de ti!", "¡Si repites el año, va a ser una catástrofe!", "¡No seas infeliz!", "¡Cállate, oye, animal!, y la más fuerte de todas: "¡Tú, comparado conmigo, eres alguien de segunda categoría!". Alejandro también recuerda que su padre, a pesar de su exigencia asfixiante, fue muy indiferente con él en otros temas como la autoestima y la seguridad en uno mismo. A su progenitor nunca le importó si él tenía novia o amigos o si lo molestaban en la escuela, tampoco le interesó saber cuáles eran sus pasiones en la vida, además jamás lo defendió cuando otros lo agredían. Pese a esto, los allegados a la familia siempre afirmaban que su papá era un excelente padre, y no solo eso, sino que también le daban sermones a Alejandro sobre cómo debía de ser un buen hijo y retribuir la infinita bondad de su progenitor. Eso generaba preguntas que él siempre se hacía: "¿Cómo sabe esta gente que mi viejo es un padre extraordinario? ¿Conviven con nosotros para afirmar eso? ¿Están al tanto del trato que me da?".

Pese a que Alejandro siempre ha ayudado a su familia, las exigencias, la falta de consideración y las críticas por parte de algunos integrantes de ella le hacen pensar que él es un intruso, una molestia o una carga, y repetidas veces se pregunta si sus parientes estarían mejor si él se pega un tiro o si se lanza del puente más alto de la ciudad.

En los últimos días Alejandro ha analizado una oportunidad de negocios en otro país, es algo arriesgado porque tiene que invertir gran parte de sus ahorros, pero si el proyecto sale bien, puede asegurar su futuro. Tiene miedo porque puede perderlo todo, pero lo que más temor le da es responderse la siguiente pregunta: "¿Alguien me extrañará si me voy?".

DORIAN

A Dorian nunca le gustaron las órdenes, por ende decidió abrir su propio negocio apenas acabó la escuela.

Si bien el negocio le dejaba un pequeño margen para vivir, no llenaba sus expectativas, porque él siempre había imaginado que sería millonario y que se casaría con una linda muchacha.

Han pasado dos años desde que Dorian abrió su negocio y lo que más ha cosechado son deudas y frustración. Las velitas que siempre le ponía al Divino Niño y a San Martín de Porres no sirvieron de nada. Llegó un momento en que pensó mandar todo al diablo y buscar un trabajo para poder subsistir. Agarró el diario para ver los avisos de empleos; mientras leía las ofertas, notó un pequeño recuadro que decía: "Soy el Maestro de las Sombras, si te va mal en tu vida, si no ganas lo suficiente, si te sientes derrotado y tu Dios no hace nada para ayudarte, búscame, porque yo sí te ayudaré". Dorian recortó ese pequeño aviso con la intención de meditarlo y decidir si visitaba a ese supuesto salvador.

Ese fin de semana Dorian acudió al consultorio del Maestro de las Sombras para ver si él lo podía ayudar, en vista de que ya nada le funcionaba. Una mujer muy guapa y en minifalda, pero con una mirada intimidante, le abrió la puerta y lo hizo pasar a una pequeña sala donde sería atendido en breve.

Al rato un hombre de estatura media, ligeramente calvo y con unos enormes ojos negros irrumpió en el lugar:

—Buenas tardes, señor, mi nombre es Dorian —dijo mientras estrechaba su mano.

—Lo sé, también sé que te va muy mal en los negocios, que no paras de rezar y que estás desesperado, pero no te preocupes, porque yo sí puedo ayudarte —respondió el Maestro de las Sombras.

—¿Usted cómo sabe todo eso? —contestó Dorian algo intimidado.

—Cuando tienes el poder lo sabes todo —argumentó con una sonrisa siniestra.

—No tengo mucho dinero, así que no sé si usted podrá ayudarme —dijo Dorian tratando de conmover al Maestro de las Sombras.

—Yo me cobraré el favor cuando tengas mucho dinero —respondió con ironía.

—Entonces ¿no le voy a pagar nada? —preguntó sorprendido.

—No, la cobranza vendrá después, ahora vete y déjame hacer lo mío.

Dorian salió del consultorio del Maestro de las Sombras con muchas dudas. Por un lado, estaba decepcionado porque creía que nada nuevo iba a pasar, pero por otro, su intuición le decía que tuviera optimismo.

A la mañana siguiente Dorian se levantó muy temprano e increíblemente no se sentía tenso como en los días anteriores, muy por el contrario, tenía ganas de trabajar, y apenas abrió las puertas de su negocio, este se llenó de clientes ávidos por comprar.

Al finalizar la jornada, Dorian había ganado tres veces más de lo que solía percibir en todo un mes. La misma rutina se repitió durante un año entero, pero al pasar ese tiempo, un extraño sentimiento de angustia se apoderó de él.

Una noche, mientras dormía, Dorian sintió mucho frío. Se levantó de su cama y se dirigió hacia el ropero para sacar otra manta. Antes de que pudiera recostarse nuevamente, sintió que una voz le decía:

—Ha llegado la hora de pagar.

—¿Quién es? —preguntó Dorian aterrado.

—Soy quien te ha hecho rico y ahora te voy a cobrar el favor.

—¿Qué me vas a hacer?

—Lo que nunca imaginaste que pasaría —respondió la voz en tono burlón.

—¡Dios mío, ayúdame por favor! —suplicó Dorian juntando las manos.

—Ese es el problema de los hombres, se acuerdan de Dios cuando tienen la mierda a la altura del cuello —respondió la voz.

—¿En qué va a consistir el pago? —preguntó Dorian resignado.

—Te voy a sodomizar todas las noches hasta el día en que te mueras —contestó la voz.

En ese momento un demonio enorme apareció en el dormitorio de Dorian, era de color negro, musculoso, con unos ojos que inspiraban terror y el mismo rostro del Maestro de las Sombras:

—Eres tú —dijo Dorian reconociendo al supuesto brujo con el que había sellado el trato hacía un año.

—Qué bueno que me recuerdes —respondió la espantosa entidad.

—Creo que merezco lo que me está pasando, si tienes que hacer algo, hazlo ya —argumentó Dorian con resignación.

—Lo haré ahora mismo.

En ese momento el horrible demonio descubrió su cuerpo y dejó salir un enorme pene mucho más grande e imponente que los de los actores de películas pornográficas, cogió a Dorian del hombro, le dio la vuelta, le quitó el pantalón, lo agachó y procedió a sodomizarlo sin piedad. Los gritos del pobre Dorian eran desgarradores y así siguió sodomizándolo las noches siguientes.

Lo que vivió Dorian al principio fue un verdadero infierno, pero conforme pasaban las noches comenzó a sentir verdadero placer al ser sodomizado, inclusive se apresuraba en llegar más temprano a su casa para no hacer esperar más de la cuenta a su demonio favorito.

Como las sesiones de sodomía dejaron de ser un tormento para Dorian, el demonio del pene grande decidió no molestarlo más, porque no era divertido para él darle placer a una persona en vez de castigo, así que sin previo aviso resolvió no volver jamás.

Con la ausencia del demonio del pene grande, Dorian entró en una terrible depresión, intentó de todo por hacer que su amante demoníaco regresara a su lado, pero todo fue en vano, así que una noche tomó los tres frascos de hormonas femeninas que había comprado para sentirse mujer y así agradar a su amante espiritual y las injirió todas con la esperanza de que la muerte volviera a reunirlos.

Luego de la sobredosis Dorian murió de manera instantánea, pero a pesar de eso nunca más volvió a ver a su demonio favorito, pues por alguna extraña razón terminó en el cielo.

La Transnacional

David trabaja desde hace unos años en una empresa transnacional dedicada a la telefonía móvil. Empezó desde el puesto más servil y con mucho esfuerzo logró llegar hasta una gerencia, pero su mayor anhelo es ser parte del directorio.

David cree en Dios y por lo mismo siempre se encomienda a Él para pedirle por su vida y por su familia. Todas las mañanas repite la misma plegaria: "Dios mío, muchas gracias por todo lo que me das, te agradezco también por hacerme una persona de bien, honesta, que respeta a los demás y que camina por el buen sendero". Luego de eso se levanta de su cama para ir a trabajar.

Una mañana cualquiera David estaba trabajando en su oficina, cuando Amparo, quien era la secretaria del presidente del directorio, se le acercó:

—Buenos días, señor Jiménez.

—¿Qué tal, señorita Amparo? —respondió David algo distraído.

—El señor Romero del Prado quiere verlo inmediatamente.

—Subo en seguida.

David cogió su saco, se roció un poco de loción y subió a ver al presidente de la compañía. Al llegar a la oficina del señor Romero del Prado, respiró profundamente y tocó la puerta:

—Adelante.

—Con permiso señor Romero, ¿puedo pasar? —dijo David desde la puerta.

—Por supuesto, David, adelante —respondió con tono paternal.

—Me dijo su secretaria que quería verme.

—Sí, hijo, toma asiento por favor.

—Usted dirá —dijo David mordiéndose las uñas.

—Voy a ser breve, muchacho, así que no te pongas nervioso. Quiero decirte que desde el próximo mes serás parte del directorio, pero antes debes presentar un trabajo que contenga estrategias para mejorar las ventas porque sé que la competencia nos está alcanzando. Recuerda que mi lema es: "Ganar más a cualquier precio". ¿Estamos claros?

—Muy claros, señor Romero, esta misma noche comienzo con la elaboración de las estrategias —respondió David, emocionado por la oportunidad que se le estaba presentando.

—Comienza de una vez, anda a tu casa y no regreses hasta que hayas terminado con lo que te estoy encomendando.

—¿Y mi trabajo, señor?

—No te preocupes, David, tú solo concéntrate en lo que he pedido, ahora vete —dijo como si fuera un general.

—Hasta pronto, señor, y muchas gracias por la oportunidad que me da.

David salió de la oficina y se dirigió a su casa para comenzar a trabajar en lo encomendado, pero antes hizo una parada en una pequeña iglesia, bajó del auto y entró para agradecer por lo que estaba viviendo: "Dios mío, muchas gracias por esta nueva oportunidad que me estás dando, te agradezco también por hacerme una persona de bien, honesta, que respeta a los demás y que camina por el buen sendero".

Cuando David terminó su oración, regresó a su auto y se dirigió a casa. Las siguientes noches elaboró varias estrategias para incrementar los ingresos de la empresa. Una vez que terminó, sonrió y procedió a mandarle un correo a su jefe para informarle que ya estaba todo listo:

"Estimado Señor Ignacio Romero del Prado

Presidente del directorio:

Le escribo para informarle que el trabajo que me encomendó ya ha sido concretado. Quedo a la espera de su respuesta para exponerle mis estrategias.

Sin más que agregar, me despido agradeciéndole la confianza prestada".

A la mañana siguiente David recibió una llamada mientras se alistaba para salir a trabajar.

—Buenos días.

—Hola David, soy Ignacio Romero, acabo de leer tu correo. Déjame decirte que me da mucho gusto que seas tan eficiente. Voy a convocar a una reunión para mañana en la mañana, en ella vas a poder exponernos tus estrategias. Quédate hoy en casa para que prepares bien tu exposición —dijo con una voz muy grave.

—Gracias, señor Romero, entonces hasta mañana.

—Sorpréndeme muchacho.

David se pasó todo el día puliendo y ensayando su presentación y al terminar fue a su habitación para rezar: "Dios mío te pido por la exposición de mañana, que todo salga bien, te agradezco también por hacerme una persona de bien, honesta, que respeta a los demás y que camina por el buen sendero".

Al día siguiente todo el directorio de la empresa transnacional estaba a la espera de David, quien se aclaró la garganta antes de hablar:

—Buenos días a todos. Antes que nada, quisiera agradecer al señor Ignacio Romero del Prado por la gran oportunidad que me ha brindado. También quiero decirles gracias a todos y a cada uno de ustedes por regalarme minutos de su tiempo para esta presentación. Y bueno, sin más preámbulos, vamos a comenzar. Esta exposición está basada en algunas estrategias que he elaborado para incrementar nuestros ingresos, sin la necesidad de ampliar el universo de clientes. La primera estrategia es ofrecer a los consumidores equipos nuevos, diciéndoles que serán gratis. Obviamente no lo serán, sino que mensualmente incrementaremos una pequeña cantidad de dinero en su recibo mensual con el fin de que nos paguen por el mencionado equipo.

»La segunda estrategia será que cuando el cliente acepte cambiar su equipo, también le cambiaremos el plan mensual por uno más completo y, por ende de mayor precio. Obviamente esto no se lo diremos, porque si lo mencionamos, estoy seguro de que la gran mayoría no lo aceptará.

»La tercera estrategia será que en caso de que el cliente no pueda pagar las mensualidades de los nuevos planes y se endeude con la empresa, le brindaremos la posibilidad de fraccionar su deuda, sin intereses, para que pueda pagarla en un plazo de seis meses. Eso sí, mientras paga, se le cortará el servicio, y ni siquiera podrá recibir llamadas.

»Nuestra cuarta estrategia estará centrada en la sección del servicio al cliente, es decir, si el consumidor viene a gestionar un reclamo, debemos de aplacarlo con palabras amables y por ningún motivo aceptar lo que ellos quieran. En otras palabras: cuando ellos vengan a reclamar, no debemos hacerles caso.

»La quinta estrategia será no avisarle al cliente sobre la finalización de su contrato, si este llega a su fin, automáticamente lo renovaremos sin decirle nada, y si pregunta por la fecha de finalización del contrato antes de que este expire, simplemente responderemos que el sistema está en reparación y que no tenemos a la mano esa información.

»Finalmente, la sexta estrategia será burocratizar los reclamos de los clientes, es decir, hacerlos interminables con el fin de que el consumidor se canse y se olvide del asunto.

Al momento de finalizar la exposición, el directorio estalló en aplausos. Ignacio Romero se acercó a David con una gran sonrisa en los labios, lo abrazó y le dijo:

—Bienvenido al directorio, hijo, estoy seguro de que llegarás lejos.

—Muchas gracias, señor Romero —respondió David con lágrimas en los ojos.

—Ahora vete a descansar y mañana te vas al Caribe como premio a tus geniales estrategias —dijo con un tono muy paternal.

—Gracias, señor, muchas gracias.

Esa noche, mientras preparaba su maleta, David pensó que era oportuno agradecerle a Dios por tantas bendiciones así que se arrodilló frente a su cama y oró como estaba acostumbrado: "Señor, gracias por todo lo que me has dado, te agradezco como siempre por hacerme una buena persona, honesta, respetuosa y enemiga de Satanás. Quiero agradecerte también por alejarme del mal camino y por no permitir que yo sea un infeliz, un ladrón o un estafador. Gracias Dios mío".

QUIERO SER COACH

Ruperto es un hombre de treinta años que se dedica a la enseñanza, él trabaja desde hace mucho tiempo en un colegio de bajos recursos, y su vida no es más que un gran fracaso.

Ruperto siempre quiso estudiar Psicología, nada le apasiona más que solucionar los problemas de la gente, pero por desgracia su padre nunca le pudo costear una carrera. Por eso tuvo que trabajar desde muy joven, con la idea de juntar dinero para estudiar, pero como en el colegio donde trabaja le dan un sueldo miserable, la frustración se apoderó de él y renunció a la idea de ser un gran psicólogo.

Pero no todo estaba perdido, porque esta mañana Ruperto vio un anuncio de un curso sobre *coaching* que solo duraba tres meses y cuyo precio podía pagar si pedía un pequeño préstamo en el banco. Pero una nueva frustración llegó a su vida cuando le negaron el dinero. Afortunadamente, su amigo Eloy, quien conoce muy buenos falsificadores, le ha regalado un diploma trucado que lo acredita como *coach* profesional.

Ruperto se siente muy motivado, pero sabe que se viene lo más difícil, que es prepararse para ser un gran *coach*, y la mejor capacitación a la que él puede acceder es a la gratuita, es decir la que está en Internet. Ruperto mira todos los videos que encuentra y lee todos los textos que puede. Al finalizar el segundo mes, él se siente autosuficiente, así que decide poner un pequeño consultorio.

Ruperto inaugura lo que para él es el sueño de su vida y, como no tiene dinero para pagar un asistente, decide llamar a su amigo Eloy para que haga el trabajo, y así a fin de mes compartir las ganancias.

La primera semana no llega ningún paciente, lo que ocasiona que Ruperto se desmoralice, pero afortunadamente Eloy es muy optimista y motivador, así que consigue levantar a su amigo del desánimo.

Al comenzar la segunda semana, un hombre delgado y algo demacrado llega al consultorio de Ruperto, su fiel amigo Eloy lo hace pasar y se retira:

—Doctor, por favor, no sé qué es lo que me pasa, ando sobreexcitado y estoy teniendo fantasías sexuales con monjas —dice el paciente con la voz un poco entrecortada.

—¿Fantasías sexuales con monjas? —pregunta Ruperto mientras se quita los anteojos sin aumento que había comprado para verse como un profesional.

—Sí, doctor, ¿es eso normal?

Ruperto no sabe qué responder, así que contesta lo primero que se le viene a la cabeza:

—Si eres católico, es normal.

—Sí, doctor, soy católico, qué alegría, pensé que había algo raro conmigo —responde el paciente esbozando una gran sonrisa.

—No hay nada malo con usted, al contrario, las fantasías sexuales son buenas mientras uno no se deje dominar por ellas.

—Gracias, doctor, en serio le agradezco por la ayuda, definitivamente es usted un enviado del cielo —dice el paciente mientras le estrecha la mano.

—No tiene nada que agradecer, ahora vaya tranquilo y no olvide pagarle a mi asistente.

Media hora después llega una mujer voluptuosa, de unos cuarenta y cinco años:

—Buenas tardes.

—Buenas tardes, tome asiento por favor —responde Ruperto tratando de disimular la excitación que le había provocado esa mujer.

—He venido a verlo porque mi autoestima ha bajado, ya no me siento deseada por los hombres —dice la mujer mirándolo a los ojos y mordiéndose los labios.

—A mí me parece que usted es una mujer muy atractiva.

—Gracias, doctor —contesta la mujer cruzando las piernas.

—¿Desde cuándo se siente poco deseada? —pregunta Ruperto.

—Hace dos años aproximadamente mi marido dejó de hacerme el amor. Cuando vamos por la calle, él siempre mira a mujeres más jóvenes, y si me pongo ropa sexy, él ni lo nota.

—El hecho de que su esposo haya dejado de desearla a usted y que ahora esté empezado a interesarse en mujeres menores no es su culpa, simplemente es producto de la rutina —responde Ruperto mientras mira su escote de manera disimulada.

—¿En serio piensa eso, doctor? —pregunta la mujer mientras le toma la mano.

—Sí, señora, eso es lo que pienso, ahora párese enfrente mío que vamos a hacer un pequeño ejercicio.

La mujer se levanta de su silla y se acerca a su *coach*, a paso lento. Ruperto le pide que cierre los ojos. Apenas la mujer lo hace, él la toma de la cintura con fuerza y le da un beso apasionado que ella corresponde. Ruperto considera la posibilidad de dejarla ir después del beso, pero está tan excitado que decide hacerle el amor en la camilla de su consultorio. Antes levanta su intercomunicador y le pide a Eloy que nadie lo moleste. Al terminar, la mujer le da su tarjeta pidiéndole que le llame pronto, Ruperto la mira y asiente antes de darle otro beso.

Ruperto está recordando los momentos mágicos que ha vivido la tarde anterior con esa mujer espectacular, pero el recuerdo no le dura mucho porque Eloy le avisa que hay un paciente que desea verlo con urgencia.

Unos segundos después un sujeto cuyo aspecto da pena ingresa en su consultorio, él es bajo de estatura, delgado, con lentes oscuros y unas orejas enormes:

—Buenos días, doctor, muchas gracias por recibirme —dice el hombre sin mirarlo a los ojos.

—Asiento, por favor, y dígame cuál es su problema.

—Estoy muy deprimido, doctor, soy maestro de escuela, y mis alumnos no me respetan, me dicen Dumbo en mi cara; cuando trato de dictar mi clase, hacen bulla; una vez uno de ellos me jaló la oreja. Pero el problema principal es que yo no soy un buen maestro, porque permito que los alumnos más fuertes ataquen a los más débiles, y para intentar respeto le llamo la atención a las víctimas y no a los abusadores.

—¿Cuál es su nombre, señor? —pregunta Ruperto mirándolo de frente.

—Me llamo Luciano —responde el hombre bajando la mirada.

—Mira, Luciano, voy a ser muy franco contigo y espero que no tomes a mal mis palabras: eres un pusilánime, pero además eres tan abusivo como tus alumnos, porque le llamas la atención a gente inocente con el propósito de que te vean como alguien que no eres, es decir para que te perciban como un hombre de carácter cuando en realidad solo eres un gran imbécil, no sirves para nada y mereces que algunos de tus estudiantes te falten el respeto, gente como tú es la que provoca que exista el acoso escolar, y para colmo de males te quejas de tu exceso de cobardía y de estupidez.

—Pensé que usted iba a ayudarme —responde Luciano con lágrimas en los ojos.

—Y lo voy a hacer, pero eso no quiere decir que te vaya a compadecer por tu falta de carácter —argumenta Ruperto mientras sorbe un poco de café.

—¿Entonces?

—Lo primero que debes hacer es respetarte tú mismo. Cuando algún estúpido de tu salón quiera pasarse de vivo contigo, levanta la voz lo más que puedas. Dicen que no es necesario levantar la voz para hacerte respetar, pero la gente que más grita es la que más respetan las personas. Luego mira fijamente y sin miedo al payasito de mierda y dile con voz potente que se siente o de lo contrario se va a quedar después de clases contigo haciendo tareas. Te aconsejo que te consigas un palo o un bate de beisbol y que cuando alguien haga ruido des un palazo en tu escritorio y les digas que la próxima vez el golpe lo darás en la cabeza o en el poto de quien joda.

—¿Eso es lo que tengo que hacer? —pregunta Luciano con un pequeño brillo de esperanza en los ojos.

—No, eso es solo el principio, también debes cambiar tu aspecto, haz deportes, algo de pesas, para que te veas fuerte, no te jorobes, vístete mejor y por favor ya deja de usar esos horribles lentes oscuros —dice Ruperto mientras mira su reloj.

—¿Algo más, doctor? —pregunta Luciano esbozando una leve sonrisa.

—Claro que sí, tenemos que trabajar muy duro así que ven a verme dos veces por semana y cuéntame cómo va tu desempeño en el trabajo, y ya sabes que no debes flaquear, porque esa será tu ruina.

—Muchas gracias, me voy.

Luciano se levanta de su asiento y le da la mano.

—Hasta luego, Luciano, y no olvides pagarle a mi asistente —responde Ruperto.

Un tiempo después una mujer muy atractiva y de unos veintiocho años llega al consultorio:

—Buenas tardes, doctor.

—Buenas tardes, señorita, tome asiento, por favor, y dígame en qué la puedo ayudar.

—Resulta que no soy feliz, doctor, soy una mujer joven, sé que soy guapa, pero aun así no tengo suerte en el amor. Los hombres que no me llaman la atención me buscan, y los que me atraen no se interesan en mí; yo pongo de mi parte, pero nada me sale bien —la muchacha rompe a llorar desconsoladamente llevándose ambas manos al rostro.

—¿Cuál es su nombre? —pregunta Ruperto mientras le entrega unas toallitas descartables.

—Micaela.

—Aunque no lo crea, su caso es bastante común. Dígame, Micaela, ¿en este momento usted está interesada en algún hombre?

—Sí, él se llama Fernando, pero solo me ve como una amiga, he hecho de todo para que él se interese en mí, pero no hay resultados —respondió Micaela ya más tranquila.

—¿Qué es lo que usted ha hecho para tratar de llamar su atención? —preguntó Ruperto.

—Le he llevado regalos a su casa; lo llamo regularmente para que sepa que me preocupo por él; estoy pendiente de su entorno familiar y social; le hago sesiones de sexo oral todos los fines de semana; le he hecho algunos hechizos de amor para que se fije en mí; me le he entregado dos veces; cuando queremos tener relaciones sexuales y él no tiene dinero para el hotel, yo pago; inclusive en dos oportunidades me he acostado con amigos suyos para darle celos, pero nada. Le cuento, doctor, que también he pensado en agrandarme los senos para excitarlo, pero me da miedo que él no valore ese sacrificio.

Ruperto escucha atento a esa joven guapa y desinhibida que no sabe el significado de la palabra "pudor".

—Mire, Micaela, lo que me cuenta me sorprende un poco porque no es normal que una mujer haga tanto por un hombre que no está interesado —dice Ruperto mientras la imagina desnuda.

—Mi familia y mis amigos dicen lo mismo que usted, doctor, pero deberían estar en mis zapatos para comprenderme.

—Entiendo, Micaela —responde Ruperto, que no sabía qué diablos aconsejarle a esa chica de apariencia inocente, pero de comportamiento liberal.

—¿Qué puedo hacer, doctor?

—Lo primero de usted debe hacer es alejarse por una temporada de ese muchacho, porque él está siendo su perdición. Una vez que tome distancia de esta persona, debe darse un tiempo para sí misma, haga cosas que le gusten, salga con sus amistades los fines de semana; si un muchacho que no le disgusta la invita a salir, acepte, porque es bueno tener varias opciones en el amor: si apuntamos al mismo blanco siempre, podemos fallar y quedar con las manos vacías, pero si tenemos muchos objetivos y uno falla, siempre habrá otras oportunidades. Usted es una mujer muy atractiva, y estoy seguro de que muchos hombres estarían felices de tenerla a su lado —dice Ruperto mientras se restriega las manos como una mosca.

—¿En serio le parezco atractiva, doctor? —pregunta Micaela con una voz muy sugerente.

—Mucho, es más: si yo me caso algún día, me encantaría hacerlo con una muchacha como usted.

—Gracias, doctor, en serio agradezco sus palabras. ¿Alguna otra recomendación? —pregunta Micaela mientras se acaricia el cabello.

—Tengo una, pero debe prometerme que no tomará a mal lo que le voy a decir.

—No se preocupe, dígamelo.

—Mire, Micaela, quiero que sepa que no es necesario ser una puta para conquistar al hombre del que se ha enamorado, usted me ha dicho que ya se le ha entregado, que siempre le practica sexo oral y que se ha acostado con dos amigos suyos para darle celos. ¿Cree que un hombre se va a fijar en una mujer que se le entrega fácilmente y que además se ha acostado con dos de sus amigos? Todo lo contrario, él la va a mirar como alguien sin valor que solo sirve para satisfacer tanto sus deseos como los de otros. Cambie de actitud, quiérase más y deje que los hombres luchen por usted, ya le dije que es una mujer atractiva, lo único que le falta es que se dé su lugar, porque solamente usted puede hacer eso.

—Ha sido muy duro conmigo, doctor —dice Micaela con lágrimas en los ojos.

—Lo siento, pero era necesario para que se dé cuenta de que tiene que cambiar ciertas cosas.

—Muchas gracias por su tiempo, ahora me retiro, le dejo mis datos —y saca una pequeña tarjeta de su bolso y se la entrega a Ruperto.

—Llámeme cuando quiera, Micaela, que siempre estaré gustoso de atenderla; y por favor no olvide pagarle a mi asistente.

Micaela se retira a paso lento, lo que es aprovechado por Ruperto, quien le mira el trasero descaradamente.

A los pocos meses la fama de buen *coach* de Ruperto se esparce por toda la ciudad, él multiplica su clientela y hace nuevos amigos ya que cada cierto tiempo organiza cenas en buenos restaurantes donde los invitados son precisamente sus pacientes, quienes son agasajados a lo grande. Esta medida crea una fidelidad muy fuerte hacia Ruperto, quien se gana la fama de ser el mejor orientador o consejero de su ciudad.

Un tiempo después se realiza en Miami un evento para premiar al mejor *coach* de Latinoamérica, Ruperto es invitado porque su buena fama se había hecho conocida, pero él no tiene la más mínima esperanza de ganar a pesar de que su fiel amigo Eloy lo anima. El silencio se hace presente cuando se anuncia a los cinco finalistas, Ruperto está entre ellos. El maestro de ceremonia pronuncia el nombre del ganador: "Ruperto Vinagrillo Torrens", y toda la audiencia estalló en aplausos, Micaela se cuelga de su cuello y le propina un beso apasionado, Eloy lo abraza y le dice al oído: "Mira todo lo que se puede lograr con un título comprado".

TODO SE PAGA EN ESTA VIDA

Guido siempre fue un hombre mentiroso, ingrato, egoísta, intrigante y lleno de complejos. Su salud no era del todo buena ya que sufría de diabetes. Cierto día se sintió mal y acudió a lo de su médico de cabecera, quien lo sometió a la rutina de rigor. El día que Guido debía recoger sus exámenes, tuvo un mal presentimiento y por eso elevó una oración al Creador: "Dios mío, sé que no soy la mejor de las personas, pero te pido por favor que los resultados que me dé el médico sean favorables, te prometo que si no tengo nada grave, cambiaré para bien. Amén".

Una hora después llegó al consultorio de su médico, quien lo esperaba con una seriedad poco habitual:

—Pasa, Guido, y toma asiento —dijo el galeno con una expresión de preocupación en el rostro.

—¿Algo malo, doctor? —preguntó con la voz temblorosa.

—Sí, resulta que tus exámenes han revelado que tienes una infección en las piernas provocada por la diabetes, y desgraciadamente tenemos que amputarte la pierna derecha.

—¿La pierna derecha? —preguntó Guido con incredulidad.

—Sí, créeme que lo siento mucho —dijo el médico mientras se quitaba los lentes.

—¿Qué pasaría si no accedo a que me corten la pierna?

—Morirás en menos de un año.

—Lo prefiero —respondió con los ojos enrojecidos.

—La decisión es tuya, Guido, pero te aconsejo meditarlo.

—Gracias, doctor, hasta luego.

—Adiós, y no olvides decidirte pronto —dijo dándole una ligera palmada en el hombro.

Guido salió del consultorio a paso muy lento, analizando su vida. Pensó en José, su hermano menor, con quien se había portado muy mal siempre; recordó a su difunta madre, quien había sufrido mucho con su mal comportamiento; y lloró pensando en su ex esposa, a quien había tratado muy mal tanto física como psicológicamente. "¿Qué he hecho con mi vida?", se repetía una y otra vez. Unos minutos después entró en su cafetería favorita, pidió un café americano y se puso a analizar lo que haría a partir de ese momento. "No me gusta pedir perdón, pero debo hacerlo. Ahora necesito pensar, pero mañana mismo llamaré a mi hermano".

A la mañana siguiente se despertó más tarde de lo habitual ya que no pudo conciliar el sueño hasta altas horas de la noche, y cogió su teléfono móvil para llamar a José. Antes de marcar recordó la última vez que lo había visto, había sido hacía dos años en el hospital, cuando había sufrido una descompensación y su hermano había ido a visitarlo. En esa oportunidad, Guido no lo había dejado entrar y le había mandado a decir con la enfermera que no lo recibiría. "¡Qué estúpido fui! —se repetía constantemente—. ¿Por qué tanto odio hacia mi hermano? Él cuidó a mi madre en su ancianidad, él le dio de comer, él pagaba el personal que la cuidaba. En cambio, yo fui un pésimo hijo porque en los últimos años de la vida de mi madre me dediqué a molestar, intentaba enamorar a las mujeres que la cuidaban, les decía a las amigas de mamá que era yo y no José quien pagaba tanto la renta de la casa como a las enfermeras, cuando en realidad yo nunca di un centavo para su cuidado. ¿Qué diablos me pasó? ¿Por qué hice tantas estupideces?". Guido miró su teléfono celular, pero no se atrevió a llamar a su hermano.

Un par de horas más tarde se dirigió a la tienda de enfrente, saludó con afecto al dueño y le pidió dos panes y un poco de leche:

—Buenas tardes —dijo el tendero tratando de disimular la antipatía que sentía por Guido.

—Buenas tardes, Darío.

—¿Qué se le ofrece?

—Deme dos piezas de pan y medio litro de leche.

—Un momento por favor —respondió Darío mientras pensaba "Ojalá te mueras pronto, viejo tacaño".

—Gracias, Darío.

—De nada, señor Guido —y pensó "Ahora pon primera y arranca, que no te soporto".

—Hasta luego.

—Adiós.

Guido avanzó con paso lento hacia su casa aún con la idea de llamar a su hermano, pero sin atreverse. Unos minutos después sacó el álbum familiar y revisó las viejas fotografías de años pasados. "¿Por qué uno reflexiona cuando ya es tarde? Debo hacer algo, ya no soporto esta soledad, la idea de que voy a morir solo me aterra. ¿Qué le voy a decir a mi hermano?, ¿'Perdóname'? ¿'Voy a morir'? ¿'No quiero que me corten la pierna'?". Guido no pudo más y marcó el número de José:

—¿Bueno?

—Hola, José, soy yo, Guido —dijo con la voz ligeramente temblorosa.

—Hola, hermano ¿cómo estás? Qué sorpresa —dijo José, y pensó: "¿Qué quieres huevón? Solo me llamas cuando necesitas algo".

—No muy bien. Quería saber si tienes tiempo para tomarnos un café. Necesito hablar contigo.

—Mañana a la tarde puedo, ¿te parece bien a las cuatro y media?

"Ojalá no sea una de tus intrigas, grandísimo cabrón", pensó José mientras se rascaba la cabeza.

—Me parece muy bien, nos vemos mañana en el café que está a dos cuadras de tu casa.

—Perfecto, hermano, me va a dar mucho gusto verte —dijo José, y pensó: "Lo que realmente me daría gusto sería que te fueras a vivir a otra ciudad".

—A mí también, un abrazo, y nos vemos mañana.

Al cortar la llamada rompió en llanto. "Espero que el hecho de conversar con mi hermano me dé la paz que tanto necesito".

La tarde siguiente Guido se alistó para la entrevista con su hermano, abrió el closet y sacó su mejor ropa, se puso el reloj de plata que le había regalado su ex esposa en un aniversario, roció un poco de loción en su rostro y salió de su casa con dirección a la cafetería. Llegó quince minutos antes, dio un vistazo a la carta, pero al final decidió esperar a su hermano para ordenar. Unos minutos después, llegó José, y Guido extendió los brazos para acogerlo:

—Hermanito, qué alegría verte después de tanto tiempo.

—Dos años, Guido, hace dos años que no sé nada de Ti — respondió mientras recordaba el pésimo trato que siempre le había dado su hermano mayor.

—Es verdad, José, pero siéntate, pide lo que quieras, que yo te invito.

—Gracias, pero dime: ¿a qué se debe esta sorpresa?

—Tengo una noticia que darte —dijo mientras se frotaba los ojos.

—¿Buena o mala? —respondió José a la par que pensaba: "Ojalá me digas que te tienes que mudar a la Luna".

—Mala para mí, pero no sé si buena para ti.

—Guido, no te entiendo, habla claro, por favor —contestó José mientras se impacientaba por las largas de su hermano.

—Fui a mi chequeo con el médico, me dijo que tengo una infección en la pierna ocasionada por la diabetes y que deben cortármela.

José se quedó inmóvil, miró a su hermano y le replicó:

—Si es una de tus bromas estúpidas o alguna de tus mentiras, déjame decirte que no estoy de humor.

—Yo nunca he hecho una broma de ese tipo, José —respondió Guido indignado.

—¿En serio?, ¿no recuerdas cuando estabas en secundaria y dijiste que mi mamá había muerto para que te dejaran salir y poder irte con tus amigos a un burdel de mala muerte? —dijo José con una gran expresión de fastidio en el rostro.

—Eso fue cuando era un niño, ahora es diferente, sabes que soy diabético, lo que te digo es la verdad, pero aún estoy considerando la posibilidad de operarme, porque prefiero morir antes de que me toquen la pierna —dijo haciendo una pausa para no llorar.

—Guido, no sé qué decir, créeme que lo siento mucho.

—Solo quiero que estés conmigo si decido operarme.

—Tienes que operarte, hermano, por favor, no puedes quedarte así —manifestó José mientras tomaba la mano de Guido.

—Pero no quiero hacerlo.

—Hazlo por favor, estamos juntos en esto, yo no te voy a abandonar.

—Qué bueno eres, José, no merezco tener un hermano como tú —respondió Guido con lágrimas en los ojos.

Ambos lloraron juntos y se abrazaron durante varios minutos, luego hablaron de la operación y de cómo sería su cuidado.

Un mes después, la cirugía se llevó a cabo. Por dos semanas Guido permaneció en el hospital antes de ser dado de alta. José quería atender a su hermano en su casa, pero él se negó argumentando que tenía dinero ahorrado y que podía costear el servicio de una enfermera. La mañana que Guido salió del hospital, llegó a su casa y se instaló en el salón donde habían acondicionado una cama y una mesa de noche. José estaba con sed, así que fue a la tienda de enfrente a comprar una bebida, al llegar fue atendido por Darío:

—Buenos días, señor, ¿me da por favor una botella de agua?

—Claro que sí, caballero —respondió mirándolo de pies a cabeza.

—Gracias.

—Disculpe, ¿es usted algo del señor Guido? —preguntó esbozando una media sonrisa.

—Sí, es mi hermano —contestó con una expresión de desconcierto.

—Mucho gusto, señor, mi nombre es Darío, y soy amigo de su hermano.

—Encantado de conocerlo, mi nombre es José.

—De más está decirle que cuente con mi ayuda si necesita una mano —manifestó levantando un poco la voz.

—Gracias, señor Darío —respondió José con algo de desconfianza.

—No agradezca nada, mi esposa Panchita y yo conocemos al señor Guido desde hace mucho.

—Me alegra que mi hermano tenga gente que lo estima.

—Dígame, si no es indiscreción: ¿cómo piensa cuidar a su hermano?, ¿vendrá a vivir con él?

—No, yo tengo familia, así que contrataré el servicio de una enfermera —contestó José mientras pensaba: "A ti qué te importa, imbécil, ni siquiera te conozco".

—No hace falta que haga eso, señor, mi mujer y yo podemos cuidarlo, nos turnamos con la Panchita y con mis hijos y todo bien —dijo mientras esbozaba la misma media sonrisa de hacía un momento.

—¿En serio, Darío? ¿Usted haría eso? —preguntó con cierta incredulidad.

—Claro que sí, caballero, mi familia y yo queremos mucho al señor Guido.

—Se lo agradezco, pero antes debo hablarlo con mi hermano.

—Háblelo nomás, que yo estoy aquí todo el día —contestó Darío, y pensó: "Espero que este tarado se trague el cuento".

Unos minutos después José regresó a la casa de su hermano, quien yacía postrado en la cama.

—Guido, hace un rato estuve en la tienda de enfrente, y el sujeto que me atendió me dijo que tanto él como su mujer son amigos tuyos.

—Hace muchos años que los conozco, son buenas personas.

—Darío me dijo que no contrate el servicio de una enfermera porque él y su familia te pueden cuidar.

—¿Eso dijo? —preguntó con sorpresa.

—Sí —respondió con cierto recelo.

—Excelente, José, entonces me ahorraré un dineral al no contratar una enfermera.

—¿Estás seguro, Guido? Me da miedo que por ahorrar dinero nos llevemos una mala sorpresa, me parece demasiado bueno para ser verdad —argumentó con incredulidad.

—No te preocupes, hermano, los conozco hace mucho tiempo y confío en ellos.

—Está bien, entonces haré lo que quieres, pero voy a vigilarlos, porque no me convence la supuesta bondad de ese tal Darío.

—Gracias, hermano —respondió sonriendo.

Una semana después, mientras Guido terminaba de almorzar los tallarines con carne que le había preparado la señora Panchita, comenzó a quedarse dormido, pero logró escuchar que ella y su marido conversaban en voz baja:

—Darío, ¿conseguiste el papel? —preguntó ella con cierto nerviosismo.

—Claro, mujer, el Zózimo es un falsificador profesional, el testamento parece verdadero.

—¿Entonces procedemos?

—Claro que sí, Panchita —respondió confiadamente.

—Con la pastilla que le puse en la bebida no podrá resistirse, pero de todas maneras yo le agarro las manos y tú haces el resto —dijo con frialdad.

—Entendido, mujer.

Ambos se dirigieron hacia la cama de Guido. Darío cogió una almohada y la presionó contra de la cara de Guido. Este reaccionó exaltado, pero no pudo defenderse porque se sentía muy débil. Dentro de su desesperación, se preguntó: "¿Por qué me sigues castigando, Señor, si yo ya he sufrido mucho?". En su delirio escuchó una voz potente, pero armoniosa que le respondió: "PORQUE TODO SE PAGA EN ESTA VIDA, HIJO". Pocos minutos después acabó su sufrimiento. Darío tomó un respiro, cogió el teléfono fijo y llamó a José:

—¿Bueno?

—Señor, José, soy Darío, lamento decirle que hace unos minutos el señor Guido murió —dijo mientras le guiñaba el ojo a su mujer.

—¿Mi hermano ha muerto? —preguntó con sorpresa y pena.

—Sí, pero no se preocupe por nada, que la Pancha y yo nos ocuparemos del velorio y del entierro. Usted debe estar tranquilo.

—Muchas gracias, Darío, en un momento salgo para allá.

—Lo esperamos, señor José. ¡Ah!, quería decirle también que hace unos días el señor Guido nos dejó en herencia su casa y sus cuentas bancarias.

—No lo creo, Darío, sería bueno que me mostraras algún documento que acredite lo que me acabas de decir —respondió con indignación.

—Por supuesto que lo haré, señor José.

Luego de decir eso, Darío colgó el teléfono, miró a su mujer con una sonrisa macabra y le dijo: "Lo logramos, Panchita".

EL IMBÉCIL

El imbécil se levanta temprano para el primer día de clases en su nueva escuela, se siente intimidado porque no conoce a nadie, pero a pesar de que es un imbécil, tiene personalidad, y lo desconocido no lo amilana.

A las siete y treinta sale de su casa con rumbo al colegio, su domicilio queda cerca de su centro educativo, así que decide ir caminando mientras piensa en sus nuevos compañeros. "¿Cómo serán?, ¿me harán la vida imposible?, ¿podré defenderme si me atacan?". Pocos minutos después llega a su destino, antes de ingresar mira la puerta de entrada y exhala un suspiro.

El imbécil pasa a su aula y observa de lejos a sus nuevos compañeros, nota que uno de ellos es tranquilo y con rostro bonachón y tontón, así que decide acercarse:

—Hola, soy nuevo en la escuela.

—¿Qué tal? Yo soy Anchón —respondió el muchacho con una sonrisa.

—Mucho gusto, hace dos meses que llegué con mi familia y no conozco a nadie.

—Pues conoce a tu primer amigo —contestó Anchón mientras le estrechaba la mano.

—¿Qué tal es el ambiente por acá?, ¿los compañeros joden mucho? —preguntó el imbécil con cara de preocupación.

—A mí sí me molestan, pero eso no quiere decir que a ti te harán lo mismo —dijo Anchón totalmente resignado.

—Entiendo.

Conforme pasan los días, el imbécil nota que Anchón es una víctima de varios de sus compañeros, él no se mete a defenderlo por miedo a ser un nuevo acosado en el salón y para prevenir un posible carga montón en contra suya, ha elaborado una estrategia, la cual se basa en hacerse amigo de los acosadores y unirse a ellos en contra de Anchón.

Pero como el imbécil es un gran imbécil, quiere estar en ambos bandos, es decir quiere ser amigo de los hostigadores y de Anchón. Al principio el plan le sale redondo, porque los abusadores le dan su amistad, la cual es muy bien recibida por él, y por otro lado Anchón también hace lo mismo.

Anchón no entiende la amistad del imbécil, a menudo se pregunta por qué a veces es bueno con él y por qué a veces la persona a quien considera su mejor amigo se divierte martirizándolo, tampoco comprende su actitud ya que siempre que sus acosadores le hacen las peores bajezas, el imbécil se ríe a carcajadas.

Fuera de la escuela el imbécil es menos imbécil con Anchón, pero eso no quiere decir que sea un buen amigo con él porque una característica del imbécil es permanecer fiel a su naturaleza estúpida.

Pero no toda la culpa es del imbécil, Anchón también contribuye a ese maltrato por su actitud pasiva; por su falta de autoestima cree erróneamente que solamente merece malas amistades como la que le ofrece el imbécil. Tampoco hay que satanizar al imbécil, porque dentro de su infinita estupidez, también hay rasgos de bondad, digo esto porque una vez Anchón se enfermó, y obviamente ninguno de sus compañeros lo llamó para saber cómo estaba, pero increíblemente el imbécil sí lo hizo, y cuando un pobre y triste imbécil tiene esos detalles, es de caballeros reconocerlo.

Unos días antes de terminar la secundaria, el imbécil fue a la casa de Anchón. La visita se convirtió en un motivo de estrés, indignación y furia, porque el imbécil comenzó a escupir en todos lados, se sacaba los mocos para pegarlos en las paredes, eructaba de manera muy sonora, ponía los pies encima de la mesa de centro de la sala y como broche de oro destrozó el periódico del padre de Anchón. Para cualquier persona centrada, estas actitudes son despreciables, pero para un gran imbécil son motivo de orgullo y de risa.

Cuando terminaron la escuela, el imbécil se fue a estudiar a otra ciudad, e increíblemente Anchón lo echaba de menos. A pesar de la distancia, la "amistad" entre los dos no se rompió ya que ambos se escribían con regularidad, y en vacaciones el imbécil regresaba y se reunían, aunque su naturaleza estúpida seguía vigente.

Aproximadamente un año después de ingresar a la universidad, Anchón conoció nuevos amigos (aunque en su caso sería mejor decir que conoció amigos), así que la "amistad" del imbécil pasó a segundo plano. Pese a eso, seguían en contacto.

La actitud del imbécil no cambiaba aunque ya no eran unos niños. Anchón siempre pecaba de tonto porque constantemente caía en las trampas del imbécil, quien ya no solamente era un imbécil sino también un vulgar ladrón, porque le había robado un disco, una gorra y un libro con la excusa de que solo eran préstamos.

Una tarde de verano, Anchón salió a comer con el imbécil, pero en medio de la velada, este comenzó a atrapar moscas y a sacarse los mocos. Anchón, quien ya no era el mismo pusilánime de la escuela, se enojó y lo encaró:

—Oye, animal, ¿tienes que hacer esas porquerías en la mesa?

—Si supieras —respondió el imbécil con una sonrisa burlona en el rostro.

—¿A qué te refieres?

—A que en la escuela yo siempre te escupía la bebida cuando no te dabas cuenta.

—¿Cómo? —preguntó Anchón muy sorprendido de que alguien que se decía su amigo le hubiera hecho esa porquería.

—Lo que oyes —contestó el imbécil, quien parecía muy orgulloso de lo que había hecho.

Anchón se levantó de su asiento y se retiró sin decir nada mientras el imbécil se reía.

Luego de meditarlo mucho, Anchón pensó que lo mejor era terminar de manera radical su "amistad" con el imbécil. A pesar de esto, el imbécil seguía buscándolo, pero ya no obtenía respuesta.

Anchón no perdonó las puñaladas por la espalda y pensaba que si una persona pone las ganas de joder en un nivel más alto que el sentido de la amistad, es alguien que no vale nada, y es sabido que un imbécil nunca podrá ser un buen amigo, a menos que deje de ser un imbécil.

La actitud de Anchón ofendió al imbécil, quien era incapaz de aceptar su culpa, muy por el contrario, él responsabilizaba a Anchón por la ruptura, y es que cuando un pobre y triste imbécil rebasa los límites de la amistad, lo más seguro es que no se dé cuenta del mal que ha hecho. ¿Por qué? Porque es un imbécil.

Las piedras ensangrentadas

Abel era un hombre de mediana edad, soltero y con la gran responsabilidad de cuidar él solo a Jorge, su anciano padre.

Abel estaba solo porque era huérfano de madre e hijo único, así que tenía que dividir su tiempo entre su trabajo y el cuidado de su progenitor. Como no podía dejar de trabajar, contrató a una señora llamada Eulalia para que acompañara a Jorge durante su horario laboral. A lo largo de los primeros meses todo iba bien, pero conforme pasaba el tiempo, la salud mental de Jorge parecía deteriorarse cada vez más. Cierto día Abel regresó de su oficina, y Eulalia lo interceptó en la puerta de entrada:

—Joven Abel, necesito hablar con usted —dijo con expresión de temor.

—Claro que sí, Eulalia, dime, ¿qué pasa?

—En los meses que llevo cuidando al señor Jorge, le he tomado mucho cariño, y por eso me siento en la obligación de decirle que su señor padre está con demencia —dijo Eulalia mientras hacía tronar sus dedos.

—¿Por qué dices eso? —preguntó Abel mientras esbozaba una sonrisa burlona.

—Porque cuando me voy a prepararle un tecito o su comida, lo siento conversando.

—¿Conversando?

—Sí, joven, dice cosas como "ya vete" o "deja de molestar", y cuando yo regreso, me dice que hay un hombre en la habitación. Yo nunca he visto nada, pero le repito que me da pena que el señor Jorge se esté volviendo loquito —dijo Eulalia mientras se persignaba.

—Escúchame bien, por favor: mi papá no está loco, lo que pasa es que la mente ya está deteriorándose, mi padre ya vive su mundo, y ese mundo está muy alejado de la realidad —argumentó Abel mientras se desajustaba el nudo de la corbata.

—Espero que usted tenga razón, pero de todas maneras yo voy a ver qué me recetan mis comadres para la demencia senil —respondió persignándose por segunda vez.

—Te lo agradezco, Eulalia.

—Para eso estamos, joven Abel.

Esa noche Abel se despertó porque oyó la voz de su padre, quien parecía estar hablando con otra persona. "¿Estará conversado con Eulalia? No creo ella duerme en la habitación del fondo, y siempre la siento cuando entra en la alcoba de mi papá". Abel se levantó de su cama y se dirigió al dormitorio de su progenitor. Cuando entró, lo vio intentando ponerse de pie.

—¿Pasa algo, papá?

—Sí, hijo, dile que se vaya, por favor —respondió asustado.

—¿A quién?

—A ese hombre que se ha metido al baño, siempre viene y me molesta.

—Tranquilo, viejo, voy a revisar —respondió Abel con incredulidad.

Abel caminó hacia el baño de la habitación de su padre, prendió la luz, pero no vio nada.

—No hay nadie, papi, creo que ya se fue.

—Revisa dentro de la ducha, Abel —respondió asustado.

—Ya lo hice, viejo, no hay nada.

—¿Me crees, hijo? —preguntó Jorge con tristeza.

—Sí, te creo —respondió para calmar a su padre.

—¿De verdad?

—¡Claro que sí!

—No sé por qué no me deja en paz.

—Bueno, papito, te dejo descansar —dijo Abel mientras se alejaba de la cama de su padre.

—¡No te vayas, Abel, por favor!

—Estoy en la habitación de al lado, nada va a pasar, además Eulalia está en el cuarto del fondo, no estás solo —respondió tomando la mano de Jorge.

—¿Y si él regresa? Tengo miedo, hijo.

Después de que Jorge le hablara del supuesto intruso, Abel recordó su niñez, cuando su padre lo trataba duramente en el momento en que él se asustaba por algo: "¡Sé hombre, carajo!" o "¡Pareces una mujercita!". "¡Qué ironía, con los años la mujercita resultó ser mi papi!", pensó Abel mientras esbozaba una ligera sonrisa.

—Dime, papá, ¿cómo es el hombre que te molesta? Necesito reconocerlo para botarlo cuando regrese —preguntó Abel con ironía.

—Es un muchacho como de veinte años, vestido con harapos, sucio, delgado, muy alto y con una mirada horrible.

—Está bien, papito, no te preocupes, yo me quedo contigo.

Abel esperó a que su padre se durmiera y luego se fue a su habitación.

A la mañana siguiente, Eulalia entró en la alcoba de Jorge y lo notó muy inquieto, miraba para todos lados y tenía una expresión de pánico en el rostro.

—¿Le pasa algo, don Jorge?

—Me quiero ir de esta casa, él no me deja en paz —respondió agitado.

—Tranquilícese, por favor, ahora voy a prepararle un tecito y vengo a conversar con usted.

—Pero no te tardes, Eulalia, por favor —dijo Jorge con la mano en el pecho.

—Vengo en un santiamén.

Eulalia corrió hacia el teléfono y llamó a la oficina de Abel, repicó, pero no hubo respuesta, colgó y regresó al cuarto de su patrón.

—Ya llamé a la oficina de su hijo y dice que regresará en un par de horas; procure tranquilizarse, señor.

Jorge la miró con incredulidad, pero no dijo nada. Pocos minutos después, se quedó dormido, y Eulalia aprovechó para volver a llamar a Abel.

—¿Hola?

—Joven Abel, soy Eulalia.

—Dime.

—Su papito ha sufrido una crisis nerviosa, pero ya se quedó dormido.

—¿Qué pasó? —preguntó Abel con curiosidad.

—Lo de siempre, joven, lo asustó el fantasma.

—Mira, Eulalia, deja de decir tonterías, que los fantasmas no existen, todo está en la mente de mi padre —respondió perdiendo la paciencia.

—Es la verdad, joven, cuando estaba nervioso, me dijo que "él" no lo dejaba en paz.

—Cállate, por favor, en un rato más iré a casa, avísame si pasa algo.

—Yo le aviso, joven Abel, pierda cuidado —dijo Eulalia apretando el rosario que tenía en la mano.

Abel colgó el teléfono, cogió su saco y salió de la oficina, camino a su casa pensó en su padre, en las presiones a las que lo había sometido cuando era chico, en su frialdad para con él y su madre, en sus resentimientos para con los demás y en lo obsesivo que era con algunos temas. "En ocasiones fuiste un maldito cabrón, papá, y ahora dejaste de serlo para convertirte en una carga muy pesada para mí".

Abel llegó a su casa, cuadró el carro y entró para ver cómo estaba su padre. Una vez dentro del salón, Eulalia lo recibió:

—Su papá ya está dormido, joven.

—Gracias, Eulalia.

—Vaya a descansar nomás; si algo pasa, yo le aviso.

—Te lo agradezco, eso haré —respondió Abel mientras subía las gradas.

Abel entró en su habitación, miró su estante y cogió un libro familiar. "Es raro, nunca había visto éste álbum". Lo observó detenidamente, revisó hoja por hoja, más por curiosidad que por verdadero interés, hasta que una foto le llamó la atención. En ella estaban Jorge, sus tíos Alberto y Francisco, su abuela Rosa, su abuelo Abelardo y un muchacho alto con ropas viejas y una mirada muy fuerte. Entonces recordó la descripción que le había hecho su padre sobre el supuesto fantasma que lo atormentaba. Sin perder un minuto agarró su móvil y llamó a su tío Francisco:

—¿Bueno?

—Tío Francisco, soy Abel.

—Hola, hijito, qué gusto saber de ti —respondió con alegría.

—Igualmente, tío. Te llamaba porque quiero hacerte unas preguntas sobre una fotografía que encontré en el álbum de mi abuela.

—Cuando quieras, Abelito; como bien sabes, los jubilados estamos en vacaciones permanentes, así que tú dime cuándo puedes venir.

—¿Te parece si paso ahora mismo? Es que tengo una intriga muy grande.

—Me parece muy bien, te espero, un abrazo.

—Un abrazo, tío, y gracias.

Abel salió de la casa rápidamente y manejó hasta la residencia de su tío Francisco, bajó del auto tan pronto como pudo, tocó el timbre, y a los pocos segundos abrió Santusa, la mucama:

—Hola, Santusa. ¿Está mi tío Francisco?

—Sí, joven Abel, pase, por favor.

—Gracias.

—Tome asiento, en un momento llamo al señor.

—Te lo agradezco.

Pocos minutos después Francisco bajó al salón donde lo esperaba Abel.

—Hola, sobrino.

—Tío Francisco, ¿cómo estás? —dijo Abel levantándose de su asiento y dándole la mano.

—Algo sorprendido con tu llamada, pero contento con tu visita. Dime: ¿a qué debo el honor?

—Encontré en el álbum de mi abuela una vieja fotografía que me llamó la atención y quería saber si tú me puedes despejar unas dudas.

—¿Cuál es la foto? —contestó con intriga.

—La primera de la izquierda, tío.

Francisco agarró el álbum y la observó con detenimiento, luego miró a Abel, pero se quedó callado.

—¿Por qué no dices nada, tío?

—Porque hacía muchos años que no veía esta fotografía. Dime una cosa, Abel: ¿por qué esta foto llamó tanto tu atención? —preguntó mientras se acomodaba la solapa.

—Te explico: como sabes, mi papá no está bien de la cabeza y siempre cree que hay un hombre que lo atormenta en su habitación. Hace poco él me describió al tipo que supuestamente lo molesta, y esa descripción coincide con la apariencia del muchacho que aparece en la foto.

—¿En serio? —dijo con una gran expresión de sorpresa en el rostro.

—Sí, dime, por favor, ¿quién es ese tipo? —preguntó Abel a punto de perder la paciencia.

—Está bien, te voy a contar un secreto familiar que juramos guardar.

—¿Un secreto familiar? —contestó sorprendido.

—Sí, sobrino, resulta que nosotros no fuimos tres hermanos como les hicimos creer —dijo Francisco mirando al piso mientras suspiraba.

—No te entiendo.

—Me refiero a que además de tu padre, de tu tío Alberto y de mí, había otro hermano, que es precisamente el muchacho alto que aparece en la foto.

—¿Por qué yo no sabía nada? —respondió Abel mientras se ponía de pie.

—No solamente tú, Abelito: tampoco mis hijos ni los hijos de Alberto estaban al tanto. Tú eres el primero que sabe de esto. No lo contamos porque fue algo muy doloroso para la familia.

—Explícate, tío, por favor.

—Mi hermano mayor se llamaba Ángel y no era una persona normal, vivía su mundo, casi no hablaba, era rebelde, no se bañaba ni se arreglaba porque le encantaba andar con harapos, físicamente era muy fuerte, y lo peor de todo es que era muy cruel.

—¿Por qué? ¿Qué hacía?

—Le gustaba matar animales como gatos y perros, también disfrutaba mucho golpeándonos a nosotros, en especial a tu papá —dijo mientras observaba por la ventana.

—¡Qué hijo de puta! —respondió empuñando las manos.

—Se hizo todo lo que se pudo, Abel, pero fue en vano. Hasta que cierto día estábamos los cuatro en el jardín de la casa, y Ángel, sin motivo, alguno golpeó muy fuerte a tu padre aprovechando que mis papás habían salido. Alberto y yo nos metimos para defenderlo, pero no lo logramos, al contrario, nosotros, al igual que Jorge, también recibimos una buena paliza —dijo Francisco con la voz quebrada.

—¿Y qué pasó después, tío?

—Jorge le tiró una piedra en la cabeza, Ángel cayó al piso, y entre los tres lo matamos a pedradas, él gritaba de desesperación y dolor, pero la furia que nosotros teníamos era más mucho más grande que la compasión. Al final Ángel terminó muerto, rodeado de piedras ensangrentadas, y nosotros quedamos con una gran satisfacción por habernos librado de él.

—¿Qué dijeron mis abuelos? —preguntó Abel mientras se paseaba intranquilo por el salón.

—Obviamente estaban tristes por la muerte de su vástago, pero a la vez estaban aliviados, porque sus tres hijos menores ya no eran blanco de los abusos del subnormal de su primogénito —respondió Francisco mientras se servía una copa de vino.

—¿La Policía nunca se enteró de lo ocurrido?

—Sí, se enteró, pero mi padre inventó una historia muy convincente para esa época.

—¿Qué historia, tío?

—Dijo que tres ladrones habían entrado en la casa para robar, y al vernos a nosotros jugando en el jardín, habían intentado matarnos para que no los delatáramos; cuando nos estaban golpeando, Ángel se metió para defendernos, y como los ladrones no estaban armados, cogieron las piedras que estaban en el suelo del jardín y lo asesinaron a pedradas para luego huir. Además, Jorge, Alberto y yo estábamos bastante magullados, así que la historia fue creíble.

—Mi abuelo era un tipo muy ingenioso —respondió Abel con algo de nostalgia.

—Eso es verdad, Abel, no solo nos libró de quedar como unos asesinos, sino que hizo quedar al maldito de Ángel como un héroe.

—¿Qué pasó después?

—Los primeros días fueron raros, pero no tristes, al contrario, tus tíos y yo estábamos felices de que por fin pudiéramos jugar sin preocuparnos por las agresiones de Ángel. Pero conforme pasaban los días, tu papá soñaba pesadillas y decía que se sentía culpable. Esa etapa duró aproximadamente un año y después se fue sin más ni más, pero por lo que me cuentas, parece ser que la culpa ha regresado —dijo Francisco mientras se servía una segunda copa de vino.

—Eso parece, tío. Bueno, te agradezco mucho por la confianza, ya veré cómo puedo ayudar a mi papá.

—Cuídate, sobrino, y mándale un abrazo a Jorge. ¡Ah!, lo que te he contado que quede en reserva, por favor —manifestó mientras le daba la mano a Abel.

—No te preocupes, tío, que así será.

Cuando Abel entró en su carro, se puso a pensar en todo lo que debió de haber sufrido su padre por culpa de su hermano mayor. "Ángel, donde quiera que estés, ¡maldito seas!", dijo mientras empuñaba las manos.

Esa noche Abel se tiró en la mecedora de su habitación con una copa de vino tinto en la mano derecha y el álbum de fotos de su abuela en la izquierda. Se quedó observando fijamente el rostro de Ángel, tenía una mirada dura, que reflejaba maldad.

En la madrugada, Abel despertó exaltado porque los gritos de su padre eran más fuertes de lo habitual. Salió a prisa de su habitación y en el pasillo se encontró con Eulalia, quien estaba con cara de consternación:

—¡Eulalia, me asustaste!

—Y usted a mí, joven —respondió agitada.

—Vamos a ver qué le pasa a mi papá.

—Vaya usted, joven, yo tengo miedo.

Abel miró de forma despectiva a la mujer, luego entró a la alcoba y notó que su padre estaba tirado en la cama, muy pálido y con una expresión de pánico extremo. Cogió a su papá de la mano y le preguntó:

—Papito, ¿qué ha pasado?

—Está detrás de ti, Abel, ¿no lo ves? —respondió Jorge aterrorizado.

Abel volteó y miró una imagen aterradora, el espectro le dirigió una sonrisa satánica que lo hizo temblar, pero tuvo el coraje de sacar cara por su padre, así que le preguntó:

—¿Qué es lo que quieres? ¿Por qué no dejas en paz a mi papá?

—Quiero justicia, y mientras no la tenga seguiré viniendo —respondió el espectro con una voz ronca y potente.

—Vete, por favor, ¿no ves que mi padre está enfermo?

—Precisamente eso es lo que hace más divertidas mis visitas —dijo sonriendo con maldad.

—Si quieres, yo tomaré el lugar de mi papá, pero déjalo tranquilo.

—No, tú no tienes nada que ver en esto, pero tu padre sí. No voy a irme hasta que haya cobrado lo que él me debe.

—¿Qué te debe mi papá? —preguntó Abel con angustia.

—¡La vida! —respondió la aparición.

Una vez que el espectro terminó de hablar, desapareció sin dejar rastro. Abel tomó a su papá de la cabeza y le dijo:

—Papito, ya se fue.

Pero Jorge no respondió.

—Papito, ¿me oyes?

Tampoco hubo respuesta. Abel sintió que su progenitor estaba muy frío e inerte, fue entonces cuando se dio cuenta de que su padre había muerto.

Dos días después, Abel miró cómo el cajón con los restos de su progenitor eran introducidos en una fosa. "¿Por qué no te creí, papá? —pensaba—. Qué mal me siento, nunca voy a cansarme de pedirte perdón, viejito querido, tú no te merecías una muerte así". En ese momento Abel sintió un resoplido en la oreja, volteó y vio que Ángel estaba a su lado con la misma sonrisa satánica que había atestiguado la noche en que había muerto su padre. Un segundo después el espectro desapareció dejando un olor fétido, Abel se tapó la nariz y miró la tumba de su padre, luego prendió un cigarrillo y se alejó dejando una estela de humo a su paso.

LOS CLAUSTROS

Corría el año de 1905 en la ciudad de Arequipa. Marcelo vivía con Irma, su madre, en una de las viviendas dentro de los claustros de la iglesia de la Compañía. Eran una familia de recursos limitados, y los sacerdotes jesuitas les habían facilitado una pequeña vivienda a un precio razonable.

Durante el primer año todo había ido muy bien, pero una noche de abril las cosas cambiaron. Irma salió a visitar a unos parientes, y Marcelo se había quedado solo en la casa porque tenía que estudiar para un examen. Eran aproximadamente las siete de la noche cuando sintió que la temperatura bajaba. El frío era bastante intenso, pero Marcelo no sospechaba que podría haber algo raro detrás de ese extraño cambio de clima. El miedo se apoderó de él cuando de la nada una brisa apagó su vela, entonces tomó la caja de fósforos y volvió a prenderla. Unos segundos después vio una sombra pasar por delante de él, Marcelo no pudo soportar más y salió al patio para ponerse a buen recaudo. Miró a su alrededor, y no había nadie, los pocos vecinos que vivían allí parecían haberse esfumado.

Una hora después Irma entró a los claustros y encontró a Marcelo detrás de la pileta ubicada en el centro del patio:

—¿Marcelo?, ¿qué pasa, hijo? —preguntó Irma preocupada por el comportamiento de su hijo.

—¡Mamita! ¡Gracias a Dios que ya llegaste!

—¿Por qué no estás en la casa?

—La vela se apagó, vi unas sombras y me asusté, por eso salí —contestó Marcelo agitado.

—No te preocupes, hijito, vamos adentro para que te tranquilices; en un rato te prepararé una sopa deliciosa —dijo Irma con tono maternal.

Irma entró en la casa, pero Marcelo se quedó un momento en la entrada dudando si era seguro ingresar a la vieja vivienda. Luego pensó: "Si mi madre ya está adentro, entonces no hay nada que temer", así que entró.

Después de la cena, Irma comenzó a lavar los platos y le ordenó a su hijo irse a dormir porque al día siguiente debía levantarse temprano para ir a la escuela. Marcelo se puso su camisón y se recostó en su cama.

Durante la noche había una tensa calma, Marcelo no lograba dominar su miedo, y a cada rato volteaba para ver si no había nada espeluznante. Después de unos minutos, volvió a sentir mucho frío, pero esta vez no podía moverse, sus brazos y sus piernas estaban muy pesados, como si tuvieran piedras encima. Un poco después sintió en su cara un aliento fétido y caliente, Marcelo solo atinó a rezar esperando que todo acabara pronto. "Por favor, Dios mío, ayúdame, ya no puedo resistir más", poco después el gran peso desapareció.

A la mañana siguiente Irma entró en la habitación de su hijo para despertarlo, pero Marcelo estaba muy pálido y con fiebre. —Dios mío, Marcelito, ¿qué te ha pasado? —preguntó mientras le tocaba la frente.

—Anoche volvió el fantasma, mami.

—No digas disparates, hijito, nosotros somos buenas personas, además vivimos al lado de un templo, Dios Nuestro Señor nos protege —dijo Irma con autoridad.

—Me siento muy mal, mamita —contestó Marcelo tapándose con las mantas lo más que podía.

—Sí, lo sé, es mejor que hoy no vayas a la escuela, procura descansar.

—No, mamá, por favor, no quiero estar metido en la cama todo el día —respondió aterrado de pensar que podía quedarse solo nuevamente.

—Deja de decir tonterías, Marcelo, nada va a pasar.

—Mamita, no vayas a salir hoy, acompáñame, por favor —dijo mientras le agarraba el brazo a su madre.

—Está bien, Marcelo, hoy me quedo contigo, eres un buen hijo, y por eso te daré ese gusto —contestó acariciando el cabello de su vástago.

Un par de horas después, unos ruidos despertaron a Marcelo, sonaba como si alguien echara canicas en el piso. Se incorporó y no vio nada, intentó dormir nuevamente, pero los sonidos continuaban, así que se levantó de la cama para tratar de averiguar lo que pasaba. Dio unos cuantos pasos, cuando volvió a sentir aquel aliento cálido y fétido, solo que esta vez una mano sacudió su hombro con fuerza. Marcelo volteó lentamente y se encontró con una cara horrenda cubierta por una sombra que parecía un antifaz y una sonrisa realmente macabra que dejaba ver una dentadura grande y nauseabunda. Irma estaba barriendo fuera de la casa, pero el grito de su hijo fue tan fuerte y espeluznante, que la hizo entrar en la vivienda lo más rápido que pudo para ver qué le pasaba. Cuando llegó a la habitación de Marcelo, lo vio inconsciente en el piso, rápidamente fue a pedir ayuda, pero no encontró a nadie, así que corrió hacia la iglesia. Ella había oído que el padre Rosendo también era médico, por ende podría ayudarla. Al llegar a la puerta de la iglesia, tocó lo más fuerte que pudo, hasta que el viejo sacristán le abrió con mala cara.

—¿Qué ocurre, mujer? ¿Por qué no respetas la casa de Dios?

—Por favor, señor, mi hijo está enfermo e inconsciente en su habitación, necesito ver al padre Rosendo —dijo Irma jadeando y a punto de llorar.

—Tranquilízate, toma asiento, que voy a buscarlo —respondió el sacristán tomándola del hombro.

—¡Gracias, no demore, por favor!

Pocos minutos después, el padre Rosendo apareció con un pequeño maletín en la mano.

—Vamos a ver a tu hijo, mujer —dijo el sacerdote mientras se acomodaba la sotana.

—Sígame, padre, por favor —respondió sollozando.

Irma y el cura corrieron hacia la casa. Cuando llegaron, vieron que Marcelo estaba delirando y babeando.

—Creo que está poseído, padrecito —dijo Irma con un rosario de madera en la mano.

—No digas tonterías, hija, tu vástago solo está enfermo.

—No quiero que mi hijo se muera —respondió presionando muy fuerte su viejo rosario.

—No se va a morir, mujer, cálmate, por favor.

Irma y el padre Rosendo pusieron a Marcelo en su cama y lo taparon, luego el sacerdote la miró y le dijo:

—Tienen que salir de aquí, hija, no es la primera vez que ese maldito demonio atormenta a las personas que viven en los claustros —dijo el cura con expresión grave.

—¿Cuál demonio, padrecito? —preguntó Irma con la voz temblorosa.

—Hace muchos años que un ente nauseabundo molesta a las personas que viven aquí. En mil seiscientos sesenta y cinco había un cementerio en este lugar, y se cree que el alma atormentada de uno de los muertos que fueron sepultados en ese panteón sigue dando vueltas por acá, inclusive en mil setecientos ochenta y ocho, cuando hubo un hospicio en los claustros, muchos niños terminaron con traumas por esa inefable presencia, los asustaba, los empujaba y en ocasiones no los dejaba dormir —dijo el padre Rosendo con cierto temor en su mirada.

—Está bien, padrecito, voy a mudarme, pero mientras consigo otro lugar, debo quedarme aquí.

—Quédate el tiempo que sea necesario, Irma, pero que no sea muy prolongado, por tu bien y por el de Marcelo —respondió el sacerdote apurado como si quisiera salir corriendo de ese lugar.

A la mañana siguiente, Marcelo despertó mucho mejor, pero el miedo crecía cada vez más. Irma le dijo todo lo que había conversado con el sacerdote y que iría a buscar otro lugar para vivir.

—Yo voy contigo, mamita.

—No, Marcelo, debes quedarte, porque todavía no estás bien —respondió Irma levantando ligeramente la voz.

—Por favor, no me dejes aquí solo —suplicó Marcelo a punto de llorar.

En ese momento Jacinto, el conserje de la iglesia, se acercó tímidamente a ellos y les dijo:

—Huir no es la solución, al demonio hay que enfrentarlo.

—¡Haz el favor de no molestar, Jacinto! ¿No ves que asustas a mi hijo? —respondió Irma con mala cara.

—Déjeme ayudar, señora Irma, yo sé cómo espantar a Satanás —dijo Jacinto con mucha seguridad.

—¿En serio? —respondió como si no le creyera.

—Se lo juro, mamita, no se va a arrepentir.

—Está bien Jacinto, pero hazlo rápido.

Una vez dentro de la vivienda, Jacinto sacó una Biblia y un libro pequeño que tenía el título "Oración a San Miguel el Arcángel", lo abrió, pero antes de leer les dijo a Irma y a Marcelo que debían tomarse de las manos para hacer más efectivo el exorcismo de la casa. Ambos obedecieron, pero una vez que el viejo conserje los tuvo a su merced, las puertas y las ventanas se cerraron de golpe. Irma y su hijo se miraron aterrados y vieron cómo Jacinto se convertía en el ente horrendo que Marcelo había visto hacía pocas noches y que les sonreía con una maldad difícil de describir. Los dos emitieron gritos de desesperación, pero el ser inmundo que los tenía prisioneros les dijo con una voz cavernosa: "Es inútil que intenten escapar, ambos me pertenecen ahora".

Fuera de la casa, el padre Rosendo escuchaba con pavor los gritos de Irma y de Marcelo, pero no tuvo el valor de intervenir, solo miró al cielo y dijo: "Padre, ten piedad de ellos y perdona mi gran cobardía". Unos segundos después, todo terminó.

Un día de suerte

Luis Manuel es un hombre que desde hace diez meses se dedica a manejar un taxi debido a que perdió su empleo en una empresa minera. La necesidad de trabajar no es tan urgente para él ya que a lo largo de los quince años que laboró en ella ahorró una buena cantidad de dinero. Ese dinero sumado a su liquidación le permitiría vivir cómodamente algunos años sin trabajar pero como el tiempo pasa, y los puestos de trabajo escasean, ve que la mejor opción es dedicarse a "taxear".

Es sábado, son las ocho de la mañana, Luis Manuel echa a andar su nuevo taxi, maneja despacio para poder divisar mejor a los posibles pasajeros. Unos minutos después ve que una pareja joven le hace señas para que se detenga:

—Buenos días, señores, ¿a dónde los llevo? —pregunta tratando de ser cortés.

—A la cafetería Buen Aroma —responde el hombre con un tono agresivo.

—Lindo día.

—¡Maneje y cállese! —contesta la mujer levantando la voz.

Luis Manuel permanece en silencio odiando los pésimos modales de sus clientes, mientras piensa: "Sería estupendo encontrar otro trabajo y así librarme de los malos tratos que algunas personas me dan, el hecho de que uno sea taxista no quiere decir que no merezca respeto". Cinco minutos después Luis Manuel reacciona exaltado por los gritos de la mujer:

—¡Te odio!

—Mi amor, por favor no me digas eso, yo te quiero y créeme que haría cualquier cosa por ti —responde el hombre con sumisión.

—Claro que sí, por eso tu amiguita Perla te manda mensajes obscenos a tu celular —contesta la mujer volteando la mirada.

—Bebita, por favor, Perla es solo una amiga, no hay nada entre nosotros.

—¿No hay nada entre ustedes? ¡Entonces dime qué significa esto! —y toma el móvil de su pareja y ubica un mensaje que dice: "Te extraño, mi tigre, espero ansiosa un nuevo encuentro contigo".

—Ella quiere algo conmigo, pero yo solo tengo ojos para ti —dice el hombre intentando tomar la mano de su mujer.

—¡No me tomes por una tonta! Todos son iguales: mentirosos, infieles, cínicos, descarados y torpes.

—Muñeca, por favor, no me trates así, yo te tengo mucha consideración —dice intentando tranquilizarla.

—Se nota, por eso la tal Perla te dice "tigre" —responde ella con fuego en los ojos.

Luis Manuel permanece en silencio, una vocecita morbosa le dice que maneje despacio para enterarse del desenlace de la pelea, pero para su mala suerte al poco tiempo llegan a su destino:

—Llegamos, señores, son diez soles —dice mirándolos por el espejo retrovisor.

—¡Cóbrese! —dice el hombre dándole un billete de cien.

—¿No tiene sencillo? —responde Luis Manuel.

En ese momento ambos pasajeros salen del taxi tirando la puerta y alejándose rápidamente. Luis Manuel mira el billete y piensa: "Me trataron mal, pero me pagaron diez veces más, así da gusto". Luego pone primera y sigue con su recorrido.

Un momento después divisa a una chica muy atractiva en minifalda y tacones, quien le estira la mano para que se detenga. Luis Manuel abre la puerta trasera, pero la bella joven se sienta en el asiento del copiloto:

—Hola —dice la muchacha.

—Buenos días, señorita —contesta Luis Manuel.

—¿Me llevas al hotel Puro Amor? Pero si me quieres llevar a otro sitio, no me voy a enojar —dice la hermosa chica mientras le guiña un ojo.

—No, señorita, yo la llevo al hotel, no se preocupe, no la voy a llevar a otro lugar, quédese tranquila —responde él con un ligero jadeo.

—No me tengas miedo, y dime: ¿cómo te llamas?

—Luis, Luis Manuel, Luis Manuel Ortega Solano.

—Qué formalito —dice ella con coquetería.

—¿A qué hotel me dijo que la lleve?

— A Puro Amor, papi, y tranquilízate, que no muerdo — contesta ella mientras juega con su cabello.

Luis Manuel está transpirando por la excitación que esa linda chica le provoca y porque está aterrado de que alguna de las amigas de su esposa lo vea.

—Háblame de ti, Luis Manuel —dice mientras cruza las piernas.

—¿De mí? —pregunta él mientras se seca la frente con un pequeño pañuelo.

—Sí, tontito, de ti.

—Trabajo de taxista desde hace casi un año, tengo dos hijos, estoy casado y amo a mi esposa con locura.

—Eso dicen todos los hombres antes de pecar —manifiesta ella con una gran sonrisa.

—No me mire así, por favor —suplica Luis Manuel.

—¿Por qué?, ¿tienes miedo de pecar conmigo?

—No, no tengo miedo.

—Mentiroso.

—Ya estamos por llegar, señorita.

Luis Manuel frena lentamente y cuadra en la puerta del hotel Puro Amor.

—Gracias por traerme, papi, eres un caballero, y te agradezco por no aprovecharte de esta pobre chica sola e inocente.

—De nada, señorita.

—Toma, estos son mis datos, llámame cuando quieras, Luis Manuel —y le dio una tarjeta de color rosa con letras doradas que decían: "Bianca Sunshine, teléfono: 6969 6969".

—Gracias, señorita.

—¿Cuánto te debo, guapo? —pregunta Bianca.

—Quince soles.

—Ten cincuenta y quédate con el cambio como premio por respetarme.

—Gracias, señorita, hasta luego.

—Chau, papi.

Bianca se aleja del taxi a paso lento con dirección a la puerta del hotel, mientras Luis Manuel piensa: "En serio merezco un premio por serle fiel a mi mujer y por no pecar con esta belleza".

Unas horas después Luis Manuel piensa irse temprano a su casa, pero antes decide hacer un último servicio. En ese momento ve a un hombre bajo, panzón y de edad madura, que estira el brazo. La apariencia del sujeto le da mala espina, pero pasa por alto las advertencias que nos regala el sexto sentido, así que se detiene:

—Buenas, ¿a dónde lo llevo? —pregunta Luis Manuel.

—A la calle Enciso, y vaya rápido —responde el hombre panzón mientras sube al taxi.

—Lo siento, señor, yo no voy por esos lugares, esa zona es bastante peligrosa —dice Luis Manuel arrepentido por haberse detenido.

—Mira, hijito, hazme el favor de arrancar tu carro y hacer lo que te digo, de lo contrario te volaré las orejas —contesta el pasajero sacando de su bolsillo una pistola.

—Está bien, señor, pero tranquilícese, por favor.

—No te asustes, hijo, si lo que tengo que hacer sale bien, te daré una buena propina.

—No se preocupe, señor —dice Luis Manuel aterrado y rezando en silencio.

—Haz el favor de dejar de temblar y de concentrarte en el volante, que vamos a chocar.

Media hora después, llegan a su destino, Luis Manuel se siente algo aliviado porque piensa que ya puede irse, pero su pasajero le quita la ilusión:

—Espérame aquí, muchacho, que no voy a demorar. ¡Ah! Si intentas largarte, esos dos te volarán los sesos a balazos —dice mientras señala a un par de hombres de apariencia siniestra que están en la vereda de enfrente.

—Yo lo espero aquí, señor —responde Luis Manuel sudando más de lo normal.

—Así me gusta, hijito, que obedezcas a tus mayores.

El sujeto sale lentamente del taxi y se dirige a una vieja puerta de madera, Luis Manuel saca un rosario de la gaveta de su carro y comienza a rezar, de rato en rato miraba de reojo a los dos hombres que permanecían inmutables. Quince minutos después el pasajero sale de la pequeña casa donde había estado con un paquete bajo el brazo:

—Listo, hijo, larguémonos de aquí.

—¿Dónde vamos, señor? —pregunta Luis Manuel con la voz temblorosa.

—Déjame en el centro de la cuidad, en el lugar más concurrido que encuentres —responde el hombre mientras se suena la nariz.

—Entendido, señor.

Luis Manuel maneja en silencio, cada vez que ve a un policía siente que el pecho le va a explotar, por momentos observa a su cliente por el espejo retrovisor, quien permanece muy tranquilo:

—Ya estamos en el centro, señor, ¿en qué parte desea que lo deje?

—Yo te diré dónde, tú maneja callado —responde el pasajero mientras explora con destreza sus cavidades nasales.

—De acuerdo —responde Luis Manuel haciendo una mueca de asco.

—¿Ves la cafetería de la esquina?

—Sí, señor.

—Déjame allí.

Luis Manuel cuadra el taxi en el lugar acordado, su pasajero mete la mano en el paquete que tiene bajo el brazo y saca un sobre:

—Esto es para ti, muchacho.

—No es necesario que me dé nada, señor.

—No te he preguntado tu opinión, te he dicho que esto es para ti: lo tomas, o te vuelo la cabeza —dice el hombre levantando ligeramente la voz.

—Gracias, señor.

—A ti, hijo, y espero verte nuevamente.

—Lo mismo digo, señor —responde Luis Manuel mientras piensa: "Dios me libre de volver a toparme contigo".

—Hasta pronto.

—Adiós.

Luis Manuel se aleja de ese lugar lo más rápido que puede, cuando se siente lejos, detiene su taxi y se dispone a abrir el sobre que le había dejado su cliente. El miedo da lugar a la felicidad, porque el sobre está lleno de billetes de cien dólares, exactamente cincuenta billetes. Luis Manuel se persigna y piensa: "A pesar de todo lo malo que me ha pasado hoy, no puedo dejar de pensar que es mi día de suerte. Una pareja me pagó diez veces más, una hermosa chica me dio su número de teléfono, y un gánster me pagó cinco mil dólares". Luego de eso Luis Manuel echa a andar su carro sin mirar hacia atrás.

El director

Samuel Barraza Quinteros es un hombre de sesenta y dos años, bajo de estatura, algo regordete y con unos anteojos gruesos que le dan cierto parecido con un oso panda.

Samuel se desempeña como director de un colegio que es propiedad de una orden religiosa católica. Dicho colegio es precisamente donde él estudió de chico, por lo tanto se siente el amo y señor del establecimiento, y pobre del que ose desobedecerlo o enfrentarse a él.

En su juventud Samuel fue un buen boxeador, tanto así que estuvo a punto de llegar a ser profesional, pero eso no pudo ser porque accidentalmente mató a su rival en una velada de boxeo amateur. Por este hecho decidió entrar a la orden religiosa, que era la propietaria del colegio donde él había estudiado, con el fin de ser hermano y de alguna manera calmar la culpa que sentía por haber matado a un ser humano.

Samuel es un experto en el "arte" de mantener la disciplina del colegio, a punta de miedo logra que los alumnos se porten bien, lo que es apreciado por los profesores, quienes siempre se sienten respaldados por el veterano director.

En cada salón siempre hay un estudiante que recibe el rótulo de "brigadier", encargado de mantener la disciplina del grupo. ¿Cómo lo hace? De dos formas: la primera, acusando a los revoltosos con el director; y la segunda, golpeándolos con un palo. Es bueno mencionar que si el muchacho agredido responde al ataque del brigadier, automáticamente queda separado del centro de estudios durante una semana, y si reincide, dicha separación es definitiva.

Cierto día el director está en su oficina imaginando nuevos castigos para los indisciplinados, cuando siente que tocan a su puerta. Samuel odia que interrumpan sus momentos de creatividad, así que golpea la mesa con furia y ruge como león enjaulado.

—¿Quién diablos es?

—Soy el brigadier Rosales, señor director.

—¡Pase, Rosales!

—Gracias, señor director —responde el alumno, aterrado de entrar a la oficina del mandamás del colegio.

—¿Qué quieres?

—He venido a interrumpirlo, señor, porque uno de mis compañeros me faltó al respeto y cuando le dije que lo denunciaría con usted, me respondió: "Dile lo que quieras al cachalote con patas. A ese viejo de mierda me lo paso por los huevos" —dice Rosales muy de prisa y algo agitado.

—¿Eso dijo su compañero? —pregunta Samuel completamente indignado.

—Tal cual, señor director.

—Dígame el nombre de ese insolente.

—Eduardo Morales Rojas, señor —contesta el brigadier.

—Vaya a llamarlo inmediatamente, Rosales.

—En seguida, señor director.

Rosales sale de prisa y con una sonrisa ganadora en el rostro.

Cinco minutos después, Eduardo Morales entra en la oficina de Samuel en compañía del brigadier. El director le ordena a Rosales que espere afuera:

—Así que según tú yo soy un cachalote con patas —dice Samuel mirando a los ojos a Eduardo.

—Lo dije, señor, pero estaba con la cabeza caliente por la indignación —se defiende el muchacho.

—¿Indignación? ¿Por qué? —preguntó el director.

—Por la prepotencia del brigadier Rosales, él me estaba molestando, así que reaccioné.

—¿Qué fue lo que te dijo tu brigadier?

—Que quería romperle el poto a mi hermana, así que le di un cabezazo para enseñarle a respetar a mi familia —dice Eduardo, muy seguro de sí mismo.

—Es bueno que uno defienda a sus hermanas, lo felicito por hacerlo, Morales, yo también tengo una hermana llamada Laura, pero afortunadamente está a salvo de ese tipo de bromas porque es más fea que el diablo.

Eduardo no puede evitar la risa, que no dura mucho porque el director lo mira con mala cara.

—¿He dicho algún chiste, Morales?

—No, señor director, disculpe por favor —responde Eduardo.

—Le voy a hacer una pregunta y le ordeno responderme con toda la franqueza del mundo.

—Lo escucho, señor.

—Si yo le dijera que puede pelear con su brigadier con mi autorización, es decir, sin peligro de amonestaciones por parte de la directiva del colegio, ¿aceptaría?

—Sin pensarlo dos veces, señor director —responde Eduardo entusiasmado.

—Entonces hoy, usted y el brigadier Rosales se quedarán después de la salida para arreglar sus diferencias como los hombres. Eso sí, ni una palabra a nadie, porque si alguien se entera, los expulso de manera definitiva a los dos, ¿me entendió, Morales? —dice el director con energía.

—Entendí perfectamente, señor.

—Ahora retírese y comuníquele a Rosales lo que hemos hablado.

Esa tarde se reúnen en la cancha de fútbol Samuel Barraza, el brigadier Rosales y Eduardo Morales. El director les da dos pares de guantes de box que guardaba en su oficina y que eran recuerdo de sus tiempos de pugilista, para que ambos estudiantes arreglen sus diferencias.

El brigadier Rosales es físicamente más fuerte que Eduardo, pero no parece más listo, muy por el contrario, se lo ve torpe en sus movimientos. Morales, por su parte, se muestra más seguro, y se nota que no ve la hora de empezar a pelear. El director mira a ambos muchachos y les dice: "¡Sáquense la mierda de una puta vez para terminar con esto!".

Los dos alumnos comienzan a acercarse, Rosales tira un derechazo que es fácilmente esquivado por Eduardo, quien a su vez golpea fuertemente el vientre de su brigadier, que retrocede adolorido tratando de ponerse a buen recaudo. Unos segundos después Morales conecta un fuerte golpe a la cara de Rosales, que lo hace trastabillar. Eduardo avanza rápidamente hacia su rival para rematarlo con un izquierdazo al mentón. Cuando logra conectarlo, el brigadier cae pesadamente al césped. Morales mira a su director, quien le dice: "Ganaste, Eduardo, ahora quítate los guantes y lárgate. ¡Y ya sabes: ni una palabra a nadie, porque te arruino!". Luego Samuel Barraza ayuda a Rosales a ponerse de pie para llevarlo a la enfermería; mientras ambos caminan, el director le dice en tono paternal: "Eres una vergüenza, hijo, me has hecho quedar mal con un alumno, así que desde mañana dejas de ser el brigadier de tu salón".

Unos días después el director se reúne con Pablo Ventura, quien es el contador del colegio. Ambos revisan los ingresos del establecimiento.

—Afortunadamente estamos teniendo buenos ingresos, pero lo que queremos, tanto yo como los hermanos de la Orden, es tener ganancias y no estar estancados en una cuenta bancaria —dice el director.

—Justamente de eso iba a hablarte, Samuel, quería proponerte que depositáramos ese dinero en una financiera. Si hacemos eso, recibiremos intereses mensuales aproximados del siete por ciento, que es mucho más de lo que ofrecen los bancos.

—No lo sé, Ventura, esas financieras me dan algo de temor, nadie me garantiza una seguridad absoluta. ¿Qué pasa si perdemos ese dinero? —pregunta Samuel.

—Es verdad que no se garantiza una seguridad absoluta, pero esta financiera tiene veinte años en el mercado y nunca ha tenido problemas de ninguna índole —contesta el contador, tratando de calmar la inseguridad de su cliente.

—¿Si pasa algo malo, tú me pondrás al tanto?

—Por supuesto que sí, Samuel, quédate tranquilo, que yo estaré pendiente de todo.

—Entonces procede, confío en ti —responde el director algo más tranquilo.

—Estás haciendo lo correcto —dice Pablo Ventura, mientras da una palmada en la espalda a Samuel.

Seis meses después, Caja Municipal Seguridad Total (CMST), que es la financiera donde Samuel Barraza había depositado el dinero del colegio, entra en una gran crisis que la hace quebrar; obviamente muchos ahorristas pierden su dinero. Al enterarse de esto, el director se la pasa llamando a su contador para que lo ayude a recuperar ese capital, pero no lo localizó.

Una semana después los hermanos de la orden se reúnen para analizar alguna solución o de lo contrario sancionar a Samuel Barraza por ser el responsable de lo ocurrido. Dicha reunión dura cinco horas, en las cuales se llega a la conclusión de que el actual director seguiría en su cargo hasta fin de año, pero después sería removido como castigo por su gran error, también pasaría seis meses en un retiro de silencio al interior de uno de los conventos que la Orden tenía en un lejano pueblo, para recapacitar acerca de su imprudencia.

Samuel Barraza entra en una profunda depresión después de ese acontecimiento, trata de rezar para encontrar la paz que tanto busca, pero no lo consigue. La disciplina del colegio decae tremendamente porque el director, que siempre había sido muy estricto, ahora es un pusilánime que pasa por alto los actos de malcriadez de los alumnos.

Al terminar las clases Samuel se retira a su habitación y se mete en su cama para escuchar música clásica hasta el día siguiente, el director siempre había sido muy glotón, pero ahora es una persona que casi no prueba bocado y cada día adelgaza más.

Los hermanos de la Orden se dan cuenta del cambio radical que Barraza ha sufrido a raíz de la pérdida del dinero del colegio, así que convocan a una reunión para aligerar el castigo que le habían impuesto. Todos consideran que han sido muy duros con él y que deben contrapesar el error que el director ha cometido con los aciertos que tuvo mientras estuvo al mando del colegio.

A la mañana siguiente, el hermano Jorge, quien es la mano derecha de Barraza, toca la puerta de su habitación para comunicarle lo que han decidido la noche anterior, pero no obtiene respuesta, así que decide entrar sin hacer ruido. Cuando ingresa en la alcoba, ve que el director está echado encima de la cama boca arriba y con ambas manos en el pecho.

—Hermano Samuel, despierte. Hermano Samuel, le tengo buenas noticias.

Pero el director no responde.

Cuando Jorge toma su mano, la nota muy fría, es allí cuando se da cuenta de que Samuel Barraza está muerto.

A la mañana siguiente todo el colegio se reúne en el patio de honor para el velorio del viejo director. Algunos alumnos respetan dicho acontecimiento, pero otros se ríen y se burlan del finado a pesar de las llamadas de atención de los maestros.

Cuando finaliza la misa de cuerpo presente, los alumnos pasan a sus salones para orar junto con sus profesores por el eterno descanso del director Samuel Barraza, mientras los hermanos de la Orden se reúnen para definir quién será el nuevo director del colegio. Dicha reunión se prolonga más de lo esperado, pero al llegar la noche ya tienen el nombre de la nueva autoridad del centro educativo.

Una semana después todo ha vuelto a la normalidad en el colegio, salvo que la disciplina parece haberse esfumado, los alumnos no hacen caso a los maestros, siguen burlándose de los castigos que imponía Samuel Barraza y siempre que alguien menciona al difunto, todo es risas e insultos. A media mañana el hermano Jorge recibe una llamada de sus superiores, quienes le informan que la primera autoridad del colegio ya ha llegado. Él, sin perder tiempo, corre con dirección a la oficina del director, prende el micrófono y convoca a los alumnos al patio principal para presentarles a la nueva cabeza del centro educativo.

A los diez minutos los estudiantes ya están formados en el patio y para variar todos están riendo, producto de las bromas hacia Samuel Barraza. En ese momento, el hermano Jorge levanta la voz y muy solemne dice:

—Queridos alumnos, esta interrupción en sus actividades se debe a que nuestro nuevo director ya está aquí, y debemos darle la bienvenida para que sienta que somos una familia.

Todos los estudiantes comienzan a reírse a carcajadas luego del anuncio del hermano Jorge, pero en pleno jolgorio una monja vestida totalmente de negro hace su aparición en el estrado principal, es delgada, alta, de mediana edad y con el rostro serio e inmutable. A paso lento se acerca a donde está el hermano Jorge y le pide el micrófono, una vez que lo tiene entre sus manos se dirige hacia los alumnos y les dice levantando la voz:

—¡Silencio, maldita sea! ¡Soy la madre Laura Barraza, la nueva directora de este colegio! Por el apellido se preguntarán si soy algo del hermano Samuel, y la respuesta es afirmativa: soy su hermana, y si piensan que soy tan estricta como él, se equivocan rotundamente, ¡porque lo soy mucho más! Sé que desde que murió mi hermano la disciplina en este lugar ha decaído terriblemente; pues bien, quiero que sepan que eso se acabó, a partir de ahora las cosas serán mucho más difíciles para ustedes, porque no pienso tolerar tonterías de ningún tipo. Si veo alumnos irrespetuosos, los botaré de mi colegio como a perros, y si escucho bromas malintencionadas acerca de mi hermano, se van a arrepentir de haber nacido. ¡Ah! Y si hay algún payaso que ya está pensando en ponerme un apodo, les cuento que ya me he adelantado, a partir de ahora me pueden decir "La Carnicera", y espero que se les grabe muy bien. Ahora lárguense a sus salones a hacer algo útil.

Todos los estudiantes rompieron filas y se dirigieron a sus aulas valorando y extrañando al hermano Samuel Barraza, el director.

Entrevista con un seductor

Gabriel no tiene suerte en el amor, intenta relacionarse de manera seria con las mujeres que llegan a su vida, pero siempre que él propone algo, ellas le responden lo mismo: "Yo te quiero, pero como amigo".

Una tarde Gabriel navegaba por Internet y, en su desesperación por encontrar la fórmula para que las mujeres lo acepten, encontró el blog de un hombre llamado José María. Este escribía artículos en los cuales daba consejos sobre seducción. Está de más decir que desde esa tarde Gabriel se convirtió en un asiduo lector de ese sitio virtual.

A pesar de que el blog recibía miles de visitas diarias, Gabriel siempre mandaba mensajes con la esperanza de que José María respondiera, pero hasta el momento no había tenido éxito.

Cierto día Gabriel invitó a salir a Claudia, una linda chica que había conocido en su trabajo. Además de carismática, ella era de esas personas con las que uno puede quedarse conversando durante horas. Solamente habían salido dos veces, pero ella había cautivado por completo a Gabriel, quien se sentía totalmente enamorado.

Todo iba bien con Claudia, había química, ella también parecía sentirse halagada con Gabriel, pero él dudaba, porque los rechazos anteriores le habían generado una inseguridad de la que no había podido escapar.

Gabriel ya no podía soportar más lo que sentía, así que invitó a Claudia a tomar un café. Antes de terminar la velada, intentó besarla, pero ella volteó la cara, lo miró con cierto desprecio y le preguntó:

—¿Qué te pasa, Gabriel?

—Perdóname, por favor, es que me gustas mucho, y no sabía cómo decírtelo —contestó bajando un poco la mirada.

—Eres un buen chico, y te quiero, pero por el momento necesito estar sola, aunque por ningún motivo quiero perder tu amistad —dijo Claudia mientras jugaba con su cabello.

—¿Solo amigos? —preguntó con pena.

—Solo amigos; es lo único que te puedo dar, lo siento.

Gabriel intentó disimular su decepción con una sonrisa, pero cuanto más trataba de sonreír, más ganas de llorar tenía. Claudia lo miró como quien observa a su mascota y le dijo:

—Lo siento, amigo mío, pero por el momento no quiero estar con nadie.

Esas palabras le dolieron como si le dispararan pequeños cuchillos en el corazón. Claudia lo miró antes de decirle:

—¿Me llevas a mi casa, por favor?

—Claro, Clau, te llevo —contestó él presionando sus labios.

—Espero que nuestro trato no cambie, Gabrielito —dijo ella sonriendo.

—No te preocupes, chiquita, no cambiará, te lo aseguro —respondió con los ojos húmedos.

—Llegamos, amigo, chau, y gracias por el café.

—De nada, cuídate mucho, Clau.

Claudia salió del carro sin darle un beso en la mejilla. Gabriel arrancó el auto, pero unos segundos después lloró amargamente hasta llegar a su casa. Antes de irse a dormir, prendió su computadora y le mandó un correo a José María contándole todo lo que le había pasado. "Espero que ahora respondas, no sabes cómo necesito unos buenos consejos", pensó.

Unos días después Gabriel llegó un poco tarde a la oficina, vio a Claudia, pero prefirió hacerse el distraído para evitar la incomodidad de tener que saludarla. Desde la noche en que él le había dicho lo que sentía, solo se saludaban a lo lejos. A la hora de salida, él quiso acercársele, pero se topó con la sorpresa de que un muchacho en un auto deportivo la había ido a recoger, Claudia subió al coche y saludó al chico con un beso en los labios. Gabriel no podía creer lo que había visto, solo dio media vuelta y se retiró maldiciendo a todo el mundo.

Al llegar a su casa sacó una cerveza y se tumbó en el sillón, cogió su laptop y se puso a revisar sus correos, uno de ellos llevaba el nombre de "José María Gamboa". Gabriel no lo podía creer y sin perder más tiempo lo abrió, era un mensaje pequeño, pero lo suficientemente motivador para hacerlo sentir bien, el correo decía:

"Estimado Gabriel, no suelo responder a todos los correos que me llegan, pero el tuyo me ha llamado la atención, te felicito por tener sentimientos tan nobles, es difícil encontrar gente como tú. Por lo que me cuentas, no vivimos en la misma ciudad, pero si en algún momento tienes planeado viajar, déjame decirte que te recibiré con mucho gusto. ¡Ah! No te sientas mal por la chica que te rechazó, deséale suerte, pero como pareja potencial mándala a la mierda, porque hay muchos peces en el mar como para estar amargándote la vida por una sola persona. Un fuerte abrazo, amigo mío.

José María".

Gabriel sonrió, se sentía valorado, y el único pensamiento que rondaba en su cabeza era: "Tengo que ahorrar para viajar y poder conocer a José María".

Unos meses después Gabriel había ahorrado lo suficiente para viajar, así que solicitó sus vacaciones. Como era un empleado eficiente, su jefe se las otorgó de inmediato.

La noche antes del viaje le escribió a José María para avisarle que iría a verlo:

"Estimado José María: Mañana en la tarde viajo para poder conocerte y conversar, por fin siento que mi situación cambiará. Te mando un abrazo.

Gabriel Pilares".

Mientras Gabriel bebía su café recibió la respuesta de José María:

"Querido Gabriel, me has puesto en un dilema porque yo justamente viajaba mañana a los Estados Unidos, pero como estás haciendo un esfuerzo para venir a verme, voy a posponer un par de días mi viaje. ¿Te parece si nos vemos pasado mañana? Me tomaré todo el día, y así podremos conversar largo y tendido. Más tarde te mandaré otro correo con mis datos personales. Un fuerte abrazo.

José María Gamboa".

Gabriel sonrió mientras meditaba: "Parece que Dios sí existe". Unos minutos después se puso a pensar en Claudia y en cómo cambiaría su vida amorosa en el futuro.

Cuando llegó a su destino le sorprendió ver la gran cantidad de mujeres hermosas que allí había. "Es increíble, parece que aquí todas son bonitas, llevo varios minutos en este aeropuerto y hasta ahora no veo a una sola fea".

Gabriel llegó a un hotel antiguo, pero aún presentable. Mientras desempacaba prendió su computadora y encontró un mensaje de José María, que decía que lo esperaba para desayunar juntos al día siguiente en Union Center For You, el centro comercial más grande y céntrico de la ciudad. Gabriel sonrió y comenzó a escribir un listado con las dudas que siempre había tenido sobre las mujeres, al finalizar la tarde había apuntado cincuenta preguntas.

A la mañana siguiente Gabriel mandó a pedir un taxi, a pesar de que aún faltaba una hora para la cita, prefería estar allí antes, además no quería hacer esperar a José María. Unos minutos después le avisaron que su movilidad ya había llegado, así que sin perder tiempo salió de su habitación y enrumbó al centro comercial. Durante el trayecto se puso a observar la belleza y la grandeza de esa ciudad. Cuando llegó a Union Center For You, le pagó al taxista y se dispuso a entrar. Mientras buscaba el café donde se reuniría con José María, se dio cuenta de que había mujeres mucho más bellas que las que había visto en el aeropuerto el día anterior, y pensaba: "Dios mío, qué lindas que son, qué lástima que en la ciudad donde yo vivo las chicas guapas sean contadas con los dedos de las manos".

Al llegar al lugar de reunión, entró, saludó a la mesera —que para variar también era muy atractiva— y le pidió una mesa, se sentó, observó la decoración empedrada, las vigas de madera, el vapor saliendo de la máquina de capuchino, leyó la carta y miró su reloj, pero aún faltaban veinte minutos, respiró profundamente para tranquilizarse, pidió un vaso de agua, la bebió y esperó.

Un hombre como de la edad de Gabriel irrumpió en la cafetería, su lenguaje corporal era el de un ganador, llevaba puestos unos lentes oscuros, polo negro cuello V, jean recto color azul acero y botas negras de hebilla; tenía el cuerpo de un hombre que va al gimnasio. Gabriel lo reconoció por la foto que había en su blog, se puso de pie y le hizo señas, el hombre lo miró y se acercó a paso lento, como si él fuera el dueño del mundo:

—¿José María? —preguntó Gabriel con nerviosismo.

—Hola, Gabriel, mucho gusto —respondió dándole un fuerte apretón de manos.

—Gracias por venir.

—Regla número uno: no agradezcas por cualquier cosa, tú vales mucho y mereces la atención de la gente —dijo José María mirándolo a los ojos.

—Entiendo.

José María se sentó tumbando el cuerpo hacia atrás y cruzando las piernas, metió la mano en su bolsillo para sacar una cajetilla de cigarrillos, llamó a la mesera guapa y le pidió que se lo encendiera, aspiró profundamente, miró fijamente a Gabriel antes de dejar salir el humo:

—¿Cuál es tu problema, Gabriel?

—Te lo comenté en mis mensajes, ninguna mujer me hace caso, lo cual me frustra tremendamente —respondió con rapidez antes de suspirar.

—¿Desde cuándo te pasa esto? —preguntó José María.

—Desde que me empezaron a gustar las chicas.

—Lamento decirte que el problema no son ellas sino tú mismo —contestó levantando ligeramente la voz.

—¿A qué te refieres?

—A que tú con tu inseguridad pones a las mujeres en un pedestal, y cuando pasa eso, la mujer en cuestión te mira como a alguien inferior, su ego se infla más de lo normal. Tú respóndeme: ¿qué mujer que se valore va a querer estar con un pusilánime que dice que sí a todo? —preguntó mientras botaba una estela de humo.

—Creo que ninguna.

—¡Exacto! Lo que la mujer busca en un hombre es seguridad en todo sentido, y eso incluye la seguridad económica. Si escuchas a algún tipo o tipa que dice que a la mujer no le interesa el dinero, ten por seguro que te están mintiendo, hay mujeres más interesadas y menos interesadas, pero al final todas buscan seguridad. También quieren emoción, es decir que las saques de la zona de confort, llévalas de viaje, hazlas reír, de vez en cuando sé un rebelde, rompe las reglas, Gabriel, las mujeres aman a los hombres que no siguen a la manada —José María hablaba con pasión, se notaba que las mujeres eran el eje de su vida.

—Pero cuando tú le preguntas a una mujer sobre lo que busca en un hombre, ellas siempre te responden que quieren a una persona tranquila, fiel, que sea detallista, romántico y que siempre sea muy bueno con ellas.

—¿Tú crees eso, Gabriel? —preguntó con una sonrisa excesivamente burlona.

—Sí, bueno, hasta hoy lo creía —respondió Gabriel con cara de confusión.

—Cojudeces, Gabrielito, esas son cojudeces, si hay algo que caracteriza a la mujer, es su incoherencia al momento de hablar, las féminas dicen que quieren una cosa, pero en el fondo aspiran a otra muy distinta y hasta opuesta a lo que dijeron —expresó José María mientras sacaba otro cigarrillo de su bolsillo.

—¿Te puedes explicar mejor?

—Por supuesto, Gabriel, la mujer desde que es una niña sueña con el príncipe azul, pero ¿qué ocurre? Ocurre que el mentado principito es aburrido, entonces tienden a pensar en alguien que las haga sentir diferente, alguien que las excite, que las pueda hacer gemir en la cama, pero eso no lo dicen por temor a ser catalogadas como putas, por esa razón siempre salen con la estupidez de que quieren a un tipo bueno, fiel y demás disparates.

—¿En serio? —preguntó Gabriel mientras se frotaba las manos.

—En serio, Gabrielito, ahora yo te hago una pregunta: ¿sabes por qué a las mujeres no les gustan los hombres tranquilos?

—Porque los hombres tranquilos somos aburridos —respondió Gabriel sin dejar de mirar a José María.

—No, esa no es la respuesta —contestó sonriendo.

—¿Entonces cuál es la razón? —preguntó Gabriel.

—A las mujeres no les gustan los hombres tranquilos porque da la impresión de que son malos en la cama, y si una mujer se topa con un macho que no la satisface en la intimidad, lo descartará de plano, así sea el tipo más guapo del mundo.

Gabriel se quedó callado, le parecía mentira todo lo que José María le decía, pero a la vez pensaba: "Qué estúpido que he sido, todo tiene lógica, me he esforzado mucho tratando de ser el mejor hombre del mundo y ¿qué he conseguido? Nada, absolutamente nada".

—¿Continuamos, Gabriel? —preguntó José María con un tono casi paternal.

—Claro que sí.

—Te acabo de decir que las mujeres buscan seguridad en todo sentido, pero no quiero que pienses que debes presumir de lo que tienes para impresionarlas, porque a ellas no les gustan los tipos arrogantes, que la mujer que te gusta se dé cuenta ella sola de lo que tienes o de lo que has logrado, eso se percibe, no hay necesidad de publicarlo —dijo José María mientras pisaba lo que quedaba de su cigarrillo.

—Continúa, por favor.

—Otro aspecto que bloquea a los buenos tipos como tú es que creen que el sexo es malo y que a una mujer le vas a faltar el respeto si le insinúas que quieres follar con ella, eso es una estupidez, porque la mujer es tan sexual como nosotros, y ella quiere irse a la cama tanto como tú, lo que sucede es que la sociedad de mierda nos mete esas ideas cojudas en la cabeza, además la crianza que hemos tenido nos ha hecho creer que las relaciones sexuales son un tabú o un pecado. Te cuento una historia de cuando yo estaba en la escuela: resulta que una vez hubo un problema en mi salón, ¿cuál? Varios de los muchachos dijeron muchas palabras soeces delante de las chicas, ellas se quejaron, y un profesor medio huevón que nos enseñaba matemática se encerró en la clase solamente con los hombres y nos dio el peor sermón que yo he escuchado en mi vida sobre hombres y mujeres. Este retrasado mental nos dijo que "las mujeres son seres extremadamente delicados, que no pueden soportar una palabra fuerte porque terminan heridas", y hasta las comparó con un espejo: este pobre diablo sostenía que cuando tú empañas un cristal con tu aliento, siempre queda una marca por más que lo limpies, y que de la misma manera, si dices palabras subidas de tono delante de las féminas, las marcarás para siempre, lo cual es una idiotez monumental, porque la mujer es un ser muy fuerte, capaz de aguantar todo. Por otro lado, el refinamiento no es exclusivo de la mujer, yo conozco hembras que tienen un vocabulario que un presidiario envidiaría —dijo mientras se acomodaba el cabello.

—¿Estás seguro de lo que dices? Porque yo he conocido chicas superrefinadas, incapaces de decir una mala palabra —dijo Gabriel con mucha intriga.

—Por supuesto que estoy seguro, por algo soy el mejor. Y en cuanto a las mujeres que mencionas, te puedo decir que las féminas que dan la imagen de delicadeza son las más histéricas del mundo cuando nadie las ve, son personas que se esfuerzan mucho en aparentar fineza para que los demás las admiren, pero cuando ganas su confianza, se quitan la careta, y solo queda una mujer trastornada que vive de las apariencias. Por eso es mucho mejor buscar una chica que sea transparente, de las que siempre muestran su verdadero rostro, que no tema mostrar su enojo si algo la molestó, o su tristeza si algo le dolió. Ten mucho cuidado con las mujeres que dan la imagen de perfección, porque lo más seguro es que te hayas topado con una gran hipócrita —contestó José María mientras miraba a una linda chica en minifalda.

—Escucharte me hace sentir un gran ignorante y hasta un tonto —dijo Gabriel un poco avergonzado.

—Nadie nace sabiendo, Gabrielito, no te sientas mal, y déjame felicitarte, porque son pocos los hombres con cojones para pedir ayuda sobre mujeres.

—Gracias, José María. Quería hacerte un comentario sobre un tema que muchas veces me ha tocado de cerca, y es el que tiene que ver con la religión. Constantemente me he topado con gente que mira el sexo como algo satánico, por lo mismo solo miran las relaciones sexuales para procrear y sostienen que uno debe de llegar casto al matrimonio. Te digo esto porque algunas chicas en las que me he fijado tenían esa convicción, y por culpa de esas creencias nunca llegábamos a nada.

José María miró fijamente a Gabriel, pero no pudo evitar reírse a carcajadas, fue tanta la risa que terminó tosiendo.

—¿He dicho algún chiste? —preguntó Gabriel algo molesto.

—La verdad es que sí, y para demostrarte que lo que me acabas de decir es un absurdo, te cuento otra historia. Hace algunos años mi mejor amigo estaba de novio con una chica que pertenecía a un grupo religioso, ella era una de las lideresas de ese grupito y hasta daba clases de catecismo a los niños. Una tarde mi amigo me llamó muy asustado porque había tenido relaciones sexuales con ella sin condón y temía haberla embarazado, le respondí que no se pusiera así y que esperara unos días. Afortunadamente para ellos, no pasó nada, unos años después ella se casó embarazada, vestida de blanco, delante de un altar y no con mi amigo, porque unos meses antes le había puesto los cuernos con otro tipo de ese mismo grupito religioso. Definitivamente la ex de mi amigo era una chica muy "virtuosa" y sobre todo "virginal". Perdona que te diga esto, Gabriel, pero si ha habido mujeres que han usado la religión como excusa para no estar de novias contigo, es porque querían deshacerse de ti y no sabían cómo. Recuerda esto que te voy a decir y no lo olvides nunca: muchas veces las mujeres que se las dan de muy virtuosas son las más putas, pero solo son putas con los hombres que han sabido calentarlas adecuadamente, no con el tipo bueno.

—Entiendo —respondió Gabriel.

—Antes de pensar en cortejar a una mujer debes de cambiar tú mismo; si tú no te valoras, nadie se te acercará, y menos una mujer que se respete. También debes de tener seguridad en ti, la gran ventaja que tienen las mujeres es que ellas pueden darse el lujo de ser inseguras, sumisas y hasta torpes mientras tengan buenas piernas, tetas y culo. Nosotros no podemos ser así porque las féminas nos descartarían de plano, ¿es injusto? Por supuesto que sí, pero esa es la realidad. Cuando te acerques a una mujer, no debes de ponerte nervioso, proyecta seguridad, sé espontáneo, porque eso les encanta.

—Es difícil —dijo Gabriel con incredulidad.

—Lo es, pero recuerda que las cosas buenas de la vida cuestan, y si quieres tener a tu lado a una mujer hermosa, debes de poner de tu parte —respondió José María mientras sorbía un poco de café.

—Es muy difícil satisfacer los estándares de una mujer hermosa —argumentó Gabriel mientras miraba el cristal de la mesa.

—Es verdad, pero no es imposible. Dime una cosa, Gabriel, ¿cómo va tu vida social?, ¿tienes muchos o pocos amigos?

—Lo normal, no soy muy amiguero, pero tampoco soy un ermitaño.

—Te pongo un ejemplo: es tu cumpleaños, y haces una reunión: ¿cuántas personas irían a tu fiesta? —preguntó José María.

—Unas diez personas.

—Siento decirte esto, Gabrielito, pero eres casi un ermitaño, no eres una persona sociable ni por asomo, debes de cambiar eso, las mujeres además de seguridad también buscan estatus, y eso implica un hombre con un alto valor social, un hombre que sea conocido por mucha gente, que sea un líder, un tipo que sea buscado por los demás, pero por sobre todo un macho que no se deje influenciar por su entorno, porque un hombre así es un hombre con carácter —dijo José María.

—Entiendo. Antes de que me olvide, quería mencionar otra excusa que algunas mujeres han usado para rechazarme, y quería saber tu opinión.

—Te escucho.

—En ocasiones yo les he dicho lo que siento, pero ellas han puesto cara de sorpresa y me han respondido lo siguiente: "Gabriel, nunca habría imaginado que sentías algo por mí, yo te quiero mucho, pero creo que no tenemos la química suficiente para tener algo más que amistad" —dijo Gabriel con voz lastimera.

José María miró a Gabriel con ternura, como un padre que mira a su pequeño hijo.

—Esas son cojudeces, hombre, la mujer es el ser más intuitivo del mundo, ellas leen tus intenciones mucho antes de que tú te des cuenta, las féminas saben que hombre las busca como potencial pareja, como un objeto sexual y hasta como amigas. Esa respuesta que te dieron diciéndote que las sorprendiste con tu proposición es una excusa más para rechazarte con suavidad.

—Eso ya lo había sospechado.

—Mira, Gabriel, para amenizar la tarde vamos a hacer un pequeño juego: escoge a la mujer más guapa que veas a nuestro alrededor, obviamente que no esté con pareja, ni con niños, y yo te aseguro que podré averiguar su teléfono para invitarla a salir —dijo José María con mucha seguridad.

—Está bien, déjame elegir a una chica que sea realmente hermosa —respondió Gabriel sonriendo.

Gabriel divisó a una linda chica de cabello rubio y largo, piel blanca y limpia, una minifalda muy corta que permitía ver unas piernas de infarto, botas y una blusa ceñida que hacía imaginar unos pechos hermosos. Luego miró a José María y le dijo mientras señalaba su objetivo:

—Ella, la rubia de minifalda.

José María la observó un momento, luego se dirigió a Gabriel diciéndole:

—Muy buen gusto, Gabrielito, dame diez minutos y regreso con su teléfono.

José María se levantó de su asiento y se dirigió a la mesa donde estaba sentada esa belleza. Gabriel se quedó observando aquella situación. José María conversó con ella por unos segundos y luego se sentó a su lado; un par de minutos después la hizo reír, se notaba a leguas que era una risa natural además de sincera, porque la chica le tocaba el brazo continuamente. Antes de despedirse, él la tomó de las manos y le acarició la mejilla, luego le dio un beso de despedida. Cuando José María regresaba, Gabriel vio que ella lo observaba alejarse con una sonrisa.

—Listo, Gabrielito, ¿viste que no es tan difícil conseguir el teléfono de una linda chica? Se llama María Eugenia, tiene veinticinco años y no tiene novio, o afirma no tenerlo —dijo José María con aires de triunfador.

—No quiero que pienses que dudo de ti, pero hay mujeres que dan números de teléfono falsos —argumentó Gabriel tratando de justificarse.

—Es válida tu apreciación, así que voy a marcar este número para verificar —contestó con toda la calma del mundo.

José María sacó su móvil, buscó el número de María Eugenia y llamó, Gabriel observaba fijamente la mesa donde estaba ella. Unos segundos después, el móvil de la hermosa chica sonó. Antes de contestar, ella miró sonriendo hacia la mesa que él compartía con José María.

—Hola, María Eugenia, solo llamaba para decirte que estás muy guapa, nos vemos mañana en la mañana, cuídate —dijo José María, y colgó y miró a Gabriel con una sonrisa irónica—. Supongo que no habrás perdido detalles de lo que acabas de ver, Gabrielito

—Claro que no, ahora explícame cómo lo lograste —preguntó Gabriel con intriga e interés.

—Solamente con seguridad en mí mismo, dicha seguridad te va a ayudar a no tartamudear, a no decir estupideces delante de una chica, a no agitarte mientras hablas, y lo más importante es que esa seguridad va a hacer que ella se sienta cómoda, ¿me entiendes?

—Sí, José María, te entiendo.

—Ahora te voy a decir algunas cosas que las mujeres detestan, pero que por educación, o por no hacernos daño, no nos dicen.

—Te escucho.

Ignacio Galdós Valdez

—A las mujeres no les gusta el hombre antisocial, debes salir de tu casa, no es necesario que tengas más de cincuenta amigos, basta con que tengas diez, pero que sean cercanos. Eso sí: además de tus amigos, debes de contar con un universo amplio de conocidos, no discrimines el número, porque cuanta más gente conozcas, es mejor. La mujer huele tu círculo social a gran distancia. Es más, yo te recomiendo que en tu entorno haya más damas que hombres, a ellas les gustan los retos, y el macho que conoce muchas mujeres es visto como un trofeo que deben ganar, porque cuando ven que un tipo conoce muchas féminas, se preguntan por qué siempre está rodeado de chicas. "Debe ser un hombre muy interesante, quiero conocerlo", piensan —José María hablaba apasionadamente.

—Continúa por favor —dijo Gabriel, extasiado por lo que estaba escuchando.

—Hay un error que cometemos la gran mayoría de los hombres cuando estamos con una mujer que nos gusta, y es que creemos que si la llenamos de atenciones, ella nos aceptará. Me explico: a pesar de que el tiempo y la experiencia nos han demostrado que las invitaciones y los regalos son una pérdida de tiempo y de dinero, lo seguimos haciendo. ¡Nunca vuelvas a intentar conquistar a una mujer con regalos, cenas y demás estupideces! Eso a ellas no les gusta, es más: la gran mayoría de féminas piensa que tú las quieres sobornar para lograr algo. Hablando en cristiano, ellas sienten que tú las miras como si fueran prostitutas que se tienen que acostar contigo a cambio de una cena o un regalo, además pueden pensar: "Este tipo me invita a cenar y me hace regalos con el propósito de que me acueste con él, que se vaya al diablo".

—¿En serio? —preguntó Gabriel con incredulidad.

—Puedes estar seguro, Gabrielito. Otro aspecto que le molesta a la mujer es toparse con un tipo que apenas la conoce ya le está contando su vida, sus frustraciones y hasta mostrando su lado tierno, que en ocasiones termina confundién-

110

dose con su lado gay, y ya sabemos que la mujer busca a un gran amante que la haga gritar de placer y no a un tonto asexual que solo está pendiente de ella —dijo José María mientras encendía otro cigarrillo.

—¿Qué otra cosa no les gusta?

—Que no tengas autoestima —respondió con voz grave.

—¿Cómo puedo tener autoestima? —preguntó Gabriel mientras se rascaba la cabeza.

—Muy fácil, amigo mío, la mejor manera es afrontando los miedos, salir de la propia zona de confort, buscar afuera, piensa que tú vales mucho y no tienes por qué agachar la cabeza delante de nadie, ten pasiones: si te apasiona cocinar, ¡hazlo!; si te apasiona escribir, ¡hazlo!; si te apasiona jugar fútbol, ¡hazlo! Aunque no lo creas, la mujer valora mucho al hombre que sigue sus pasiones, y el macho que hace lo que le apasiona siempre tendrá la autoestima alta, recuérdalo siempre.

—No sabía que a las mujeres les molestaban tantas cosas, José María.

—Y aún falta, ¿quieres que continúe?

—Sí, por favor —Gabriel miró fijamente a José María mientras pensaba lo tonto que había sido durante años.

—Nunca deben faltarte los temas de conversación, la mujer muere por un hombre que es un buen conversador —dijo mientras sonreía.

—¿Cómo puedo ser un buen conversador? —preguntó Gabriel.

—Básicamente necesitas dos cosas. La primera es tener cultura; cuando tienes cultura, tienes mundo y un gran abanico de temas que tocar con ella en una conversación. La segunda es saber escuchar, parece un contrasentido, pero no lo es, a las mujeres les encanta que se las escuche, basta que prestes atención a lo que ella te diga, para que los temas de conversación los proponga precisamente la mujer.

—José María, la verdad es que no sé qué decir.

—No digas nada, Gabrielito, solo escucha y aplica —dijo José María.

—Continúa, por favor —suplicó Gabriel.

—Nunca hables mal de los demás, las mujeres detestan al tipo cotorra, es decir a aquel que siempre está disparando dardos verbales en contra de los ausentes, así das la imagen de alguien deshonesto que clava puñales por la espalda. Asimismo, las féminas pueden pensar que si hablas mal de los demás delante de ellas, también puedes expresarte de mala manera acerca de ellas mismas con otras personas. Si no puedes decir nada amable de alguien, mejor quédate callado.

—Tiene lógica lo que dices.

—Por supuesto que la tiene, Gabriel. Delante de una mujer debes de dar la imagen de alguien que no necesita degradar a otros para demostrar carácter —argumentó mientras se encogía de hombros.

—¿Qué otras cosas no les gustan a las mujeres?

—Los tipos descuidados. Si quieres agradar o impactar a una mujer, debes de cuidar tu aspecto personal, y no me refiero solamente a la higiene, también hablo de la ropa, los zapatos, el olor en tus axilas, tu aliento, cambiar tu ropa interior diariamente y por sobre todas las cosas cuidar tu dentadura, que es lo primero que mira la mujer en un hombre. Dicen que la mujer no se fija tanto en la apariencia, pero ese es el mito más estúpido que se ha inventado. Mejora tu aspecto físico y vas a ver que muchas féminas querrán conocerte, además recuerda que a la mujer le gusta presumir que anda con un hombre guapo.

—Eso haré, José María.

—¿Continuamos, Gabrielito?

—Continuamos.

—Bien, hay una frase que repiten las mujeres constantemente, que es una estupidez por donde se la mire, pero que según ellas es verdadera —dijo José María con algo de misterio en sus palabras.

—¿Cuál frase? —preguntó Gabriel con mucho interés.

—"Los caballeros han muerto", y la verdad es que los caballeros están más vivos que nunca. Lo que sucede es que a la gran mayoría de las mujeres la caballerosidad les aburre terriblemente, y por eso optan por estar con patanes que les dan emociones, pero que al final terminan abandonándolas. Nunca creas esa frasecita de mierda, Gabriel, porque sale de la boca de una mujer que está decepcionada de los hombres que son patanes y que en el fondo quiere justificar su mala suerte en el amor degradando a los varones en general. Te repito que los caballeros existen y están más vivos que nunca, pero desgraciadamente la mayoría de ellos son aburridos, recuérdalo siempre, amigo mío —dijo José María gesticulando con gran pasión.

—Lo recordaré, pero no te llego a entender completamente, José María. A lo largo de nuestra conversación me has dado a entender que a las mujeres no les gusta el buen tipo, pero por lo que te he llegado a captar, es que estás a favor de ser un caballero, ¿es así? —preguntó Gabriel con mucha confusión.

—Así es, Gabriel, estoy a favor de ser un caballero, pero un verdadero caballero, no un felpudo de mierda que besa el suelo que la mujer pisa. Te explico: el concepto de la palabra "caballero" no está reñido con el hecho de ser divertido ni de tener amor propio, el ser un verdadero caballero implica ser respetuoso, limpio, rebelde cuando haya que serlo, y decir lo que uno piensa sin faltarle el respeto a los demás, pero por sobre todo hacer sentir valorada a la mujer sin recurrir a la sumisión. El concepto de caballerosidad está muy mal entendido tanto por hombres como por mujeres, y si tú logras encontrar el equilibrio entre la caballerosidad y la seguridad en ti mismo, ni las mujeres más inalcanzables se te van resistir —dijo José María.

—Gracias por compartir todo esto conmigo.

—¿Ya te quieres ir? Porque aún no termino —preguntó guiñándole el ojo a Gabriel.

—Claro que no, cuanta más información tenga, mucho mejor —respondió Gabriel sonriendo.

—Recuerda muy bien esto que te voy a decir, Gabrielito: nunca, pero nunca, te reprimas; si te dan ganas de decirle a una mujer que te gusta, hazlo; si te dan ganas de besarla, hazlo; si te dan ganas de mirar con deseo a una mujer, hazlo. Las féminas aprecian al hombre que va por lo quiere, conviértete en ese hombre —dijo José María mientras encendía su tercer cigarrillo.

—Todo lo que me dices tiene lógica, no sé cómo nunca consideré estos aspectos.

—Por supuesto que la tiene, Gabriel. Otra cosa que siempre necesitas tener presente es que debes sumar proyectos, metas, planes a futuro. La mujer ama al hombre que no se duerme en sus laureles. Además, si tienes ambiciones, darás la imagen de ser un ganador que no se conforma con lo que llega a su vida, sino que sale a matar por lo que quiere —José María hablaba despacio y de rato en rato hacía pausas para mirar a Gabriel.

—Continúa, por favor.

—Para cerrar con broche de oro esta conversación, quiero darte un último consejo: siempre fíjate bien con quién te metes, a veces la atracción y la ilusión nos ciegan y no nos damos cuenta de cómo es la persona a la que le estamos dando nuestro corazón. Te lo digo por experiencia, y créeme cuando te digo que no hay nada más doloroso que enamorarte de una mujer con trastornos mentales, una loca literalmente te puede joder la vida. No te digo que discrimines sino que te des tu lugar, porque un hombre que se quiere a sí mismo busca la mejor hembra, no la que no sabe lo que quiere ni la más chancada emocionalmente. Acepta a las chicas mentalmente sanas y huye de las que están locas. Recuerda que una buena mujer te puede llevar a la cima, y una mala mujer te puede mandar a la mierda —al finalizar miró a Gabriel, le dio la mano y se levantó de su asiento.

—Gracias por todo, José María, no sé cómo retribuirte toda tu ayuda.

—Agradéceme viviendo lo mejor que puedas, amigo mío, cuídate mucho, te deseo un buen viaje, y no es un adiós sino un hasta luego.

Por las circunstancias de la vida, Gabriel no volvió a ver a José María, pero siempre recordó y aplicó todas las enseñanzas que aquel amigo desinteresado le había dado un día en un centro comercial de una lejana ciudad.

ÍNDICE

Editorial LibrosEnRed

LibrosEnRed es la Editorial Digital más completa en idioma español. Desde junio de 2000 trabajamos en la edición y venta de libros digitales e impresos bajo demanda.

Nuestra misión es facilitar a todos los autores la edición de sus obras y ofrecer a los lectores acceso rápido y económico a libros de todo tipo.

Editamos novelas, cuentos, poesías, tesis, investigaciones, manuales, monografías y toda variedad de contenidos. Brindamos la posibilidad de comercializar las obras desde Internet para millones de potenciales lectores. De este modo, intentamos fortalecer la difusión de los autores que escriben en español.

Ingrese a www.librosenred.com y conozca nuestro catálogo, compuesto por cientos de títulos clásicos y de autores contemporáneos.

www.ingramcontent.com/pod-product-compliance
Lightning Source LLC
Chambersburg PA
CBHW030553030726

47495CB00004B/1236